Wilhelm von Christ

Horatiana

Wilhelm von Christ

Horatiana

ISBN/EAN: 9783744719131

Hergestellt in Europa, USA, Kanada, Australien, Japan

Cover: Foto ©Andreas Hilbeck / pixelio.de

Weitere Bücher finden Sie auf **www.hansebooks.com**

Sitzungsberichte

der

philosophisch-philologischen

und der

historischen Classe

der

k. b. Akademie der Wissenschaften

zu München.

1893. Heft I.

München
Verlag der K. Akademie
1893.

In Commission bei G. Franz.

Philosophisch-philologische Classe.

Sitzung vom 4. Februar 1893.

Herr v. Christ hielt einen Vortrag:

„Horatiana."

Die Zeit, wo Goethe schrieb:

Wer hätte auf alle Horatiana Acht,
Morgens, Mittag, Abend und Mitternacht,
Der wär' um alle seine Zeit gebracht,

liegt hinter uns. Die Leute, welche sich um alle Horatiana kümmern, müsste man heutzutage mit der Laterne suchen, und auch die Horatiana selbst sind ebenso wie die Sophoclea, Ciceroniana, Homerica seltener geworden. Die Philologen suchen sich für ihre Untersuchungen weniger angebaute, noch mehr Ertrag versprechende Gebiete auf, so dass man in Dissertationen und Zeitschriften bereits mehr über Kritzeleien roher Handwerker, Grammatikerschnitzel, selbst Byzantiner und Kirchenväter als über unsere eigentlichen Klassiker zu lesen bekommt. Das hat sein Gutes. Auch in die Winkel des Altertums fällt auf solche Weise helles, nicht bloss jene Winkel erleuchtendes, sondern vielfach auch auf die Glanzzeiten des Altertums zurückstrahlendes Licht, und jenes unfruchtbare, speciell in der Horazlitteratur seit Peerlkamp wuchernde Getriebe, dass der eine einen Stein wegwirft oder versetzt, damit der andere ihn wieder herbeiholt oder wieder an seine alte Stelle setzt, hat nachgelassen und Untersuchungen mit dauernderen Ergebnissen Platz gemacht. Aber die Sache hat auch ihre Schattenseiten. Für die Methode oder, wie manche Leute vornehmer sagen, für die Wissenschaft, mag es ja gleichgültig sein, ob einer seinen Scharfsinn an Demosthenes oder Chorikios übt, ja es mag sogar der letztere nach dem erprobten Satze 'experimentum fiat in corpore vili' den Vorzug verdienen, aber die Stellung der Philologie und ihrer Anhänger, nicht bloss in der Schule, sondern in dem Geistesleben überhaupt, hängt doch nicht von der Methode allein ab: die beruht wesentlich auf dem inneren Gehalt der Objekte, an die wir mit unserer philologischen Methode herantreten, auf jenen klassischen Werken des Altertums, an deren geistigem Inhalt und vollendeter Form sich die früheren Generationen aufgerichtet und gebildet haben und hoffentlich auch die späteren noch erfreuen werden. Sehr zu bedauern wäre es deshalb, wenn in der rührigen Geschäftigkeit der Philologie unserer Tage jene Klassiker immer mehr zurücktreten würden, wenn nach und nach die Meinung sich ausbildete, dass es in Horaz, Tacitus, Sophokles, Demosthenes nichts mehr zu thun gebe, und dass die eigentlichen Klassiker sich nur noch zum genussreichen Lesen eignen, während derjenige, welcher als gelehrter Philologe und exakter Sprachforscher etwas gelten wolle, sich an die Inschriften und die brach liegenden Schriftsteller des späten Altertums halten müsse. Wenn diese Meinung herrschend würde, dann fürchte ich, drohen die Klassiker immer mehr aus den Herzkammern der Philologen zu verschwinden, bis zuletzt trotz aller Wunder der Methode mit dem Quark der späteren lateinischen und griechischen Litteratur auch die Herrlichkeit der antiken Geistesschöpfungen von der Bildfläche verschwindet.

Was wollen diese abgesungenen Gemeinplätze? nicht eine Umkehr herbeiführen; dafür fühle ich mich zu schwach gegenüber der Strömung der Zeit; nur es entschuldigen, wenn ich und andere auch mit Kleinigkeiten nicht zurückhalten, falls sie nur mit Kleinodien unserer Litteratur in Verbindung stehen. So weit will ich ja die Nachsicht nicht getrieben haben, dass durch den Schild des Horaz oder Homer auch das tändelnde Spiel geistreich sein wollender Einfälle gedeckt werde; aber was bei einem späten Grammatiker oder Poetaster der Erwähnung wenig wert erscheint, das soll auf Beachtung Anspruch machen dürfen, wenn es dazu dient, neues Licht auf einen, wenn auch nur kleinen Punkt unserer Klassiker zu werfen. Und so will ich denn auch jetzt wieder den Freunden des klassischen Altertums ein paar neue Kleinigkeiten zu Horaz vorsetzen. Ich nenne sie neue Kleinigkeiten, weil ich schon früher ein paar Mal mit Kleinigkeiten zu Horaz hervorgetreten bin und dabei zum grossen Teil Glück gehabt habe. Denn was ich in meinem Aufsatz über die Verskunst des Horaz im Lichte der alten Ueberlieferung (Stzb. d. b. Ak. d. W. 1868 S. 36 An. 12) über den Wechsel des Metrums in den 9 ersten Oden des Horaz und die daraus zu erschliessende Einheit der siebten, von mehreren alten und neuen Herausgebern in zwei Gedichte zerlegten Ode bemerkt habe, hat so allgemeine Zustimmung gefunden, dass jetzt viele davon als wie von einer selbstverständlichen Sache reden, die nie eines Entdeckers bedurft hätte.[1]) Und wenn ich zeigte, dass in der Stelle Epist. I 5, 9

cras nato Caesare festus
dat veniam somnumque dies, impune licebit
aestivam sermone benigno tendere noctem

---

[1]) Eine Ausnahme macht Freund Kiessling, der in seiner trefflichen Abhandlung Zu augusteischen Dichtern, in Philol. Unters. Bd I H. 2 S. 51 ausdrücklich mir die Priorität wahrt, ebenso der leider zu früh unseren Studien entrissene treffliche Kenner Aug. Reifferscheid, Ind. lect. Vrat. 1879/80 p. 3.

die Worte *nato Caesare festus dies* nicht auf den Geburtstag des Augustus (23. Sept.), sondern den des Iulius Cäsar (5. Juli) zu beziehen seien (Jhrb. f. Phil. 1876 S. 159 f. und Römische Kalenderstudien in Stzb. d. b. Ak. 1876 S. 194), so hat wenigstens meine Emendation der diesbezüglichen Note des Scholiasten Porphyrion (*IIII id. Iul.* statt *ILLI idibus Iuliis*) unbedingt Anklang gefunden, wenn auch bezüglich des Horaz selbst die Erklärer noch immer schwanken, und Kiessling es für nicht recht thunlich erklärt an den Geburtstag Cäsars zu denken. Aber hoffentlich wird auch in diesem Punkt meine Auffassung noch einmal vollständig durchdringen;[1] vorerst seien hier ein paar neue Aufstellungen dem freundlichen Urteil der Mitarbeiter unterstellt.

I.
Die alten Lebensbeschreibungen des Horaz.

Cruquius, der, weil er noch die beste aller Horazhandschriften, den cod. Blandinius antiquissimus, benutzte,

---

[1] Uebrigens benütze ich die Gelegenheit zur Erklärung, dass ich den in meiner *Epicrisis fastorum Horatianorum* entwickelten Versuch, die Herausgabe der drei ersten Bücher Oden auf 734/20 herabzurücken, inzwischen selbst aufgegeben habe, nachdem denselben Bücheler Ind. lect. Bonn. 1878/79 p. 14 in seiner rücksichtsvollen Art abgelehnt. und Kiessling, Zu Augusteischen Dichtern S. 748 ff., die Annahme Lachmann's und Franke's, dass jene Herausgabe in das Jahr 731/23 zu setzen sei, neu und tiefer begründet hat. Hoffentlich wird sich auch Al. Krawutschke, der sich noch in dem Programm, *Quibus temporibus Horatium tres priores carminum libros edidisse verisimillimum sit*, Oppau 1889, in fast allen Punkten auf meine Seite stellte, wenn er Kiessling's treffliche Abhandlung gelesen hat, zu dessen Meinung hinüberziehen lassen. Gefreut hat es indes mich doch, dass der feinste Kenner römischer Dichter, O. Ribbeck, Röm. Dicht. II 141 f. mir darin beistimmt, dass das innig empfundene Geleitegedicht an Vergilius C. I 3 am besten auf die einzig bezeugte, verhängnisvolle Reise des Vergil im Jahre 734/20 passt.

in allen Fragen der horazischen Ueberlieferung an erster Stelle zu nennen ist, hat drei Vitae Horatii verzeichnet.[1]) Von diesen gehen nur die zwei ersten, welche allein nach Cruquius Zeugnis in jenem Cod. antiquissimus stunden, auf alte Biographien unseres Dichters zurück. Die dritte, die inzwischen auch von Gläser Rh. M. VI (1848) 439 aus einer jungen Papierhandschrift, cod. Rehdig. I 5, 4, veröffentlicht wurde, und der Cruquius zwei lange Traktate über die Metra des Horaz und die ästhetischen Titel der einzelnen Oden angehängt hat,[2]) stammt nicht aus dem Altertum, sondern scheint erst in dem Mittelalter von irgend einem librarius aus jenen zwei alten Biographien zusammengebraut zu sein. Neues lernen wir auf solche Weise aus ihr nicht; ihr genügsamer Verfasser hat sich im wesentlichen an die kürzere zweite Vita gehalten und nur zum Schluss einige Brocken aus der ersten herübergenommen.[3])

Die zweite Vita des Cruquius geht bei ihm selbst anonym; aber wir können noch bestimmt den Verfasser angeben, es ist Porphyrion, der bekannte Commentator des Horaz. Das wird jedem die einfache Gegenüberstellung der beiden Vitae zeigen:

Vita altera Cruquiana.

Q. *Horatius Flaccus libertino patre natus in Apulia cum parente in Sabinos commigravit, quem cum pater puerum Romam*

Vita Porphyrionis.

Q. *Horatius Flaccus poeta lyricus libertino patre natus, patria Venusia ortus, dubium Apulus an Lucanus, ut ipse confitetur,*

---

1) Ich benütze die Antwerpener Ausg. von 1579, wo die drei Vitae p. 649 - 53 stehen. Schon zuvor hatte von diesen Vitae Kenntnis gegeben Nannius, Miscell. III 1 a. 1548.

2) Die eigentliche Vita umfasst nur einige 20 Zeilen; sie reicht nur bis zu dem Satz *Decem autem et novas odas* in Z. 21.

3) Eine vierte Vita veröffentlichte aus einem Cod. Berolinensis s. XV Kirchner, Quaest. Horat. Numbergii 1834 init., aber dieselbe ist völlig wertlos und von neuer Fabrik. Nicht viel besser ist eine fünfte, die Gläser Rh. M. VI 439 aus einer Breslauer Handschrift veröffentlicht hat.

misisset in ludum litterarium, parcissimis eruditus impensis angustias patris vicit ingenio coluitque adolescens Brutum, sub quo tribunus militum civili bello militavit, captusque a Caesare post multum tempus beneficio Maecenatis non solum servatus sed etiam in amicitiam receptus est, quapropter Maecenati et Augusto in omnibus scriptis suis venerabiliter assurgit. Scripsit autem carminum lib. IIII, epodon I, carmen seculare, sermonum lib. II, epistolarum II, de arte poetica I.

Commentati sunt in illum Porphyrion, Modestus, Helenius Acron. omnium autem optime Acron.

nam Venusinus arat finem sub utrumque colonus, puer admodum Romam cum parente migravit, ut ipse dicit, Romae nutriri mihi contigit atque doceri. quem cum pater misisset in ludum litterarium, paucissimis eruditus impensis angustias patris vicit ingenio. Athenas petit iuvenis et ibi interpellantibus sese civilibus bellis Bruti secutus est partes, a quo militari tribunatu (militia tribunatus cod.) honoratus, non ut ceteri in partibus victis perseveravit, sed cum carmini incumberet, captus a Caesare [et] post magnum tempus beneficio Maecenatis non solum servatus, sed etiam Caesari in amicitiam traditus. unde in honorem Maecenatis quaedam scripsit, ut *Maecenas ataris edite regibus*, et benivolentiam Caesaris carmine prosecutus, ut est illud: *Neu sinas Medos agitare inultos te duce Caesar.* scripsit lyrica, carminis auctorem secutus Alcaeum, quem in opere suo ita iactat: *Aeolium carmen ad Italos deduxisse modos*, artis poeticae unum, epodon unum, epistularum duos, sermonum duos, Lucilium secutus antiquissimum scriptorem, cuius ita meminit dicendo: *Lucili ritu (ritum cod.) nostrum melioris utroque*, et saeculare carmen, quod celebratum publicis votis felix futurum posteris omen.

Man sieht, beide Vitae befolgen denselben Gedankengang, beide stimmen fast durchweg auch im Ausdruck mit einander überein; nur erstrebt die erstere grössere Kürze und lässt daher alle Horazcitate weg. Die Uebereinstimmung wäre gewiss noch grösser, wenn Cruquius seine Vorlage überall getreu wiedergegeben hätte. Denn in der Aufzählung der Werke des Horaz befolgt Cruquius die damals herrschende und von ihm selbst in der Ausgabe befolgte Ordnung, während in der Vita des Porphyrion die Schriften in derjenigen Reihenfolge aufgezählt sind, in welcher sie dem Porphyrion, nach seinem Commentar zu schliessen,[1]) vorlagen, und in der sie auch, wie wir unten sehen werden, in dem cod. Blandinius antiquissimus geschrieben waren. Nur der Schlusssatz der Vita Cruquiana, *Commentati sunt in illum Porphyrion, Modestus, Helenius Acron, omnium autem optime Acron*, steht nicht in der erhaltenen Vita des Porphyrion und hat auch natürlich nie in derselben gestanden; ihn entnahm der Schreiber der Handschrift derjenigen Scholiensammlung, die er selbst seinen Randscholien zugrunde legte,[2]) und in der auf die Scholien des Acron mehr Gewicht als auf die des Porphyrion gelegt war.

Ich habe oben angenommen, dass von den zwei parallelen Lebensbeschreibungen die kürzere aus der längeren durch

---

1) Nur das eine stimmt nicht, dass in dem Exemplar des Porphyrion die Epistolae hinter den Sermones stunden; vgl. Meyer's Ausgabe p. 183 u. 267.

2) Dass im Bland. vetustissimus auch Scholien stunden, sagt ausdrücklich Cruquius zu C. IV 12, 5: *in manuscripto codice Bland. vetustissimo ex characterum frustulis comperi Prognem quidem in lusciniam, Philomelam vero in hirundinem transformatam eamque hic dici infelicem acem tum propter stuprum et linguam abscissam, tum quod suo consilio et opera Itys esset interfectus*. Zu beachten ist dabei, dass gerade diese Version in dem Commentum Cruquianum nicht steht, dass also Cruquius seinen Scholiasten mehr aus dem anderen Blandinii zusammengestoppelt hat.

Weglassung von Citaten und Nebenbemerkungen entstanden sei. Man könnte auch den umgekehrten Weg einschlagen und annehmen, dass die kürzere Fassung die ältere sei, und dass Porphyrion eine ältere, etwa von Acron herrührende Vita durch Zusätze erweitert habe. Aber das letztere ist doch weniger wahrscheinlich; überdies ist die ganze Frage nach dem Verhältnis der beiden Fassungen zu einander von wenig Belang. Wichtiger ist das andere, dass ich Porphyrion für den Verfasser der Vita ausgegeben habe. Das scheint nicht die Meinung der heutigen Philologen zu sein. Reifferscheid, Suetoni Tranquilli reliquiae p. 387, geht davon aus, dass ausser der Vita des Sueton nichts aus dem Altertum über das Leben des Horaz auf uns gekommen sei, und Schanz, Geschichte der röm. Litt. II 73 bemerkt: 'Auch Porphyrion hatte eine Biographie verfasst, vgl. S. I 6, 41', setzt also voraus, dass Porphyrion wohl eine Vita verfasst habe, dass dieselbe aber nicht auf uns gekommen sei.[1]) Aber was berechtigt zu dieser Annahme? Die Vita steht im Anfang der Commentarii Pomponii Porphyrionis in Q. Horatium Flaccum in dem einzig massgebenden cod. Mon. lat. 181 und geht so auch in der einzig verlässigen Ausgabe von W. Meyer dem eigentlichen Kommentar voraus. Für unsere Behauptung, dass Porphyrion der Verfasser der Vita sei, stützen wir uns also auf das Zeugnis der handschriftlichen Ueberlieferung. Dieses wird aber nicht widersprochen, sondern umgekehrt bestätigt durch die auch von Schanz angeführte Stelle des Kommentars zu Sat. I 6, 41: *patre libertino natum esse Horatium et in narratione, quam de vita illius habui, ostendi.* Denn das, worauf sich der Kommentator an jener Stelle bezieht, steht ja eben ganz genau im Eingang unserer Vita. Wir sind also vollberechtigt anzunehmen, dass wirklich der Verfasser unserer Vita Por-

---

1) Das Gleiche scheint auch Teufel-Schwabe, Röm. Lit.[4] p. 514 zu meinen.

phyrion sei; aber das andere ist nicht minder richtig, dass wir aus ihr sehr wenig, eigentlich gar nichts lernen, was wir nicht aus unserem Horaz selbst entnehmen könnten. Porphyrion kannte wohl die ältere Vita des Sueton (siehe zu Epist. II 1, 1), aber ihm stand nicht mehr die Einsicht in die alten historischen und archivalischen Quellen zu gebot, wesshalb er sich nach Grammatiker Weise darauf beschränkte, den Horaz aus Horaz selbst zu erklären und den Lebensabriss des Dichters wesentlich auf Stellen seiner Dichtungen zu basieren.

Die erste Vita bei Cruquius ist die durch Lessings Rettungen des Horaz in weiten Kreisen bekannt gewordene Lebensbeschreibung des Sueton.[1]) Auch diese Vita ist anonym auf uns gekommen; weder bei Cruquius, der dieselbe 'e vetusto codice Bland.'. offenbar dem Bland. vetustissimus herausgegeben hat, findet sich ein Autor angegeben, noch in irgend einer der anderen Handschriften, welche Reifferscheid, Suet. rel. p. 44—8, in der neuesten Bearbeitung jener Vita benützt hat.[2]) Aber dass Sueton ihr Verfasser ist, geht unzweideutig aus Porphyrion hervor, der im Kommentar zu Epist. II 1, 1 mit der Wendung, *cuius rei etiam Suetonius auctor est; nam apud eum epistula invenitur Augusti*

---

1) Ich setze sie nicht her, da sie ja jedermann in den Suetonausgaben von Reifferscheid p. 44—8 und Roth p. 297 f., und am Schlusse zahlreicher Horazausgaben, wie z. B. auch der allgemein zugänglichen, von Luc. Müller besorgten Teubneriana nachlesen kann.

2) Die Vita findet sich nach Reifferscheid vollständig ausser im Bland. vet. noch in 4 Handschriften des Horaz: Paris. 7971 (= ψ der Keller-Holder'schen Ausg.), Paris. 7974 (= φ), Paris. 7972 (= λ), Paris. 8214. Es gehören dieselben, wie wir in dem folgenden Abschnitt nachweisen werden, zu einer der älteren, mit dem Bland. vet. verwandten Handschriftenfamilie. Die Vita steht auch verkürzt in mehreren jüngeren Handschriften, die C. Roth. Rh. M. XIII (1858) 517 zusammengestellt hat, so auch in dem Mon. 375, über den ich unten nähere Mitteilungen machen werde.

increpantis in Horatium, quod non ad se quoque plurima scribat, sich auf unsere Vita bezieht.[1]) Den richtigen Schluss daraus haben schon im 16. Jahrhundert Nanni und Muret gezogen; in unserer Zeit haben dann auch C. Roth und Reifferscheid unsere Vita an die richtige Stelle gesetzt, nämlich mit den verwandten Vitae des Terenz, Persius, Lucan zusammen unter die Fragmente der Schrift des Sueton De viris illustribus. Zu der Manier des Sueton, wie wir sie aus dem Leben der 12 Kaiser kennen, stimmt auch ganz der Stil und Ton unserer Vita: dieselbe Lässigkeit der Diction, derselbe Reichtum des Quellenmaterials, dieselbe Verquickung historisch gut bezeugter Thatsachen mit leeren Erfindungen des Klatsches und der Medisance. Diesen letzteren Charakter haben die meisten der Kritiker dadurch getilgt, dass sie böswillige Verleumdungen nicht bloss von Horaz fern zu halten, sondern auch aus Sueton zu entfernen suchten.

Gleich im Eingang, *Q. Horatius Flaccus Venusinus patre ut ipse tradit libertino et auctionum coactore, ut vero creditum est salsamentario, cum illi quidam in altercatione exprobrasset: quotiens ego vidi patrem tuum brachio se emungentem*, haben Jani und neuerdings Reifferscheid die Worte *ut ... emungentem* als Interpolation gestrichen. Richtig ist, dass es ein schon bei Cornificius rhet. IV 54 vorkommender Gemeinplatz der Rhetorenschulen war, dem Sohne eines Händlers mit gesalzenen Fischen vorzuwerfen, dass sich sein Vater mit dem

---

1) Ausserdem ist Sueton genannt in dem Scholiasta Cruquianus C. IV 1, 1: *statuerat Horatius ad tertium usque librum complere opus carminum, verum tribus libris iam editis ex maximo intercallo hunc quoque quartum scribere compulsus est ab Augusto, ut refert Suetonius in vita Horatii*. Aber hier steht das letzte Sätzchen *ut refert Suetonius in vita Horatii* nur bei Cruquius, nicht auch bei Porphyrion oder Ps. Acron, die im übrigen dieselbe sachliche Bemerkung haben, so dass es zweifelhaft ist, ob Cruquius die Worte in seinem Bland. vet. vorgefunden oder aus eigener Kombination zugefügt hat.

Ellenbogen die Nase abgewischt habe. Aber warum sollte dieser Spott erst von einem Schreiber nach Sueton auf unseren Horaz übertragen worden sein? ist es umgekehrt nicht viel glaubwürdiger, dass zur Zeit, als unser Dichter noch gröblicheren Anfeindungen ausgesetzt war, irgend ein Gegner jene boshafte, wie Kiessling vermutet, aus dem Vergleich des Horaz mit Bion (Epist. II 2, 60) stammende Schimpfrede sich erlaubte, und dann Sueton, der Freund des Klatsches, dieselbe getreulich aufzeichnete?[1]) Gerade so steht es mit dem famosen Satz: *ad res Venerias intemperantior traditur; nam speculato cubiculo scorta ita dicitur habuisse disposita, ut quocunque respexisset, ei imago coitus referretur.* Lessing hat in seinen Rettungen des Horaz die letzten Worte *nam—referretur* als Interpolation, entstanden aus der Erinnerung an eine ähnliche Unflätigkeit, welche Seneca Quaest. nat. I 16 von einem gewissen Hostius erzählt,[2]) dem Sueton abgesprochen. Aber einmal sind die beiden Erzählungen aus der histoire scandaleuse bloss ähnlich, keineswegs identisch, und dann sehen sich auch die beiden Namen Hostius und Horatius gar nicht so ähnlich, dass 'ein Unwissender den einen für den andern nehmen konnte'. Reifferscheid, Suet. rell. 390 hat dieses eingesehen, meint aber, indem er einen Wink von C. Roth Rh. M. XIII 531 aufnimmt, dass die Stelle der Vita aus den Scholien zu Hor. Epist. I 19, 1 interpoliert sei, wo es von Cratinus

---

1) Aehnlich gibt Plut. Cic. 1, vielleicht nach der auch dort benützten Quelle des Sueton, zwei Abstammungen des Cicero an: οἱ μὲν γὰρ ἐν κναφείῳ τινὶ καὶ γενέσθαι καὶ τραφῆναι τὸν ἄνδρα λέγουσιν, οἱ δὲ εἰς Τύλλον Ἄττιον ἀνάγουσιν.

2) Die Stelle lautet: *non erat ille ab uno tantummodo sexu inpurus, sed tam virorum quam feminarum avidus fecitque specula eius notae, cuius modo retuli, imagines maiores reddentia, in quibus digitus brachii mensuram et crassitudinem excederet. haec autem ita disponebat, ut cum virum ipse pateretur, aversus omnes admissarii sui motus in speculo ipse videret, ac deinde falsa magnitudine ipsius membri tamquam vera gaudebat.*

heisst: *hic per hanc vinolentiam tantae libidinis fuit, ut cubiculum suum speculis adornaret, quatenus et coitum suum spectare posset.* Aber das heisst doch die Sache auf den Kopf stellen. Vergleicht man nämlich die beiden Stellen, die in der Vita und die in den Scholien, miteinander, so ist dort die Sache in guter, gewählter Sprache und in ausführlicher Fassung, hier in stümperhaftem Latein und in magerer Kürze berichtet. Wo ist da von vornherein das Original und wo die Copie? Dazu kommt aber noch, dass nicht der alte, glaubwürdige Scholiast Porphyrion jene Nachricht über Cratinus enthält, sondern dass nur in jenem Scholienwust, den man erst im 15. Jhrh. unter dem erdichteten Namen des Acron zusammengefasst hat, jene Nachricht den guten, auch im Porphyrion stehenden Notizen über Cratinus angehängt ist. Gewinnt es da nicht noch weit mehr an Glaubwürdigkeit, dass im Mittelalter ein Freund von Nuditäten das, was er in der alten Vita des Horaz gelesen hatte, auch auf den geistesverwandten, lebenslustigen Dichter Cratinus gelegentlich der Erklärung der 19. Epistel übertrug?[1]) Nein, beide Stellen der Vita von dem *pater salsamentarius* und den *specula cubiculi* gehören zu dem römischen Stadtklatsch, den der Freund des Klatsches, Sueton, begierig aufgriff und in das Leben des Dichters einflocht. In einer gereinigten, für die Schüler bestimmten Horazausgabe mag man dieselben immerhin auslassen, zumal sie ja doch nur offenkundige Verleumdungen sind, aber in einer urkundlichen kritischen Ausgabe befreie man sie trotz Lessing von den Klammern, die sie nicht verdienen.

Auch in der Fassung und Verbesserung der zweiten Stelle scheint die Autorität Lessings den neueren Herausgebern den einfachen Sinn für das Richtige getrübt zu haben. Die überlieferten Worte *nam speculato cubiculo scorta dicitur*

---

1) So urteilt auch Hirschfelder in der Ausg. I p. XII.

habuisse disposita sind natürlich sinnlos, und dem Sinn nach richtig hat Lessing gebessert: *nam specula in cubiculo scortans ita dicitur habuisse disposita*. Aber im Wortlaut weicht die Verbesserung viel zu sehr von der Ueberlieferung ab, als dass dieselbe Anspruch auf Wahrscheinlichkeit haben könnte. Ein Kenner der methodischen Kritik muss sofort bezüglich des von Lessing zugesetzten *ita* sehen, dass, wenn es überhaupt eines solchen Zusatzes bedarf, dann jenes *ita* nach *disposita* einzusetzen ist, wo es leicht durch den Gleichklang der Buchstaben ausfallen konnte. Aber auch das Verbum *scortans*, das übrigens von Oudendrop herrührt, will nicht gefallen, und die Aenderung *specula in cubiculo* aus *speculato cubiculo* klärt nicht über den Grund des Verderbnisses auf. Wahrscheinlich ist das *scorta* erst in den Text gekommen, nachdem mit der Corruptel *speculato* das grammatische Objekt zu *habuisse* verloren gegangen war, ist aber *speculato* selbst, wie Gläser Rh. M. VI (1848) 441 An. gesehen hat, durch Ausfall einer gleichlautenden Sylbe aus *specula toto* entstanden. Es ist demnach zu lesen: *nam specula toto cubiculo dicitur habuisse disposita, ut quocunque respexisset, sibi imago coitus referretur*.

Die besprochenen zwei Dinge hat also Sueton aus der mündlichen Ueberlieferung — er führt sie selbst mit *dicitur* und *ut creditum est* ein — herübergenommen. Es verlohnt sich zu untersuchen, woher er die übrigen Nachrichten der kurzen, aber inhaltreichen Vita genommen hat.

Zunächst ist klar, dass Sueton die Gedichte des Horaz selbst als Quelle benützte. Er sagt gleich im Anfang *Q. Horatius Flaccus Venusinus patre, ut ipse tradit, libertino*, unter Bezugnahme auf S. I 6, 45, und ähnlich weiter unten *habitu corporis fuit brevis atque obesus, qualis a semet ipso in satiris describitur*, unter Bezugnahme auf S. II 3, 308 und Ep. I 20, 24. Auch wenn er vom Verhältnis des Horaz zu Augustus sagt: *scripta quidem eius usque adeo probavit, mansuraque perpetuo opinatus est, ut non modo saeculare carmen componendum iniunxerit sed et Vindelicam victoriam Tiberii Drusique privignorum suorum, eumque coegerit propter hoc tribus carminum libris ex longo intervallo quartum addere*, so bezieht er sich einmal auf die erhaltenen Gedichte, das Saeculare carmen und die beiden Siegesoden C. IV 4 u. 13, und dann speciell mit *ex longo intervallo* auf den Eingang von C. IV 1, 1 *Intermissa, Venus, diu rursus bella moves.*

Von sonstigen Quellen hat Sueton zunächst die Schriften des grossen Gönners unseres Dichters, des Mäcenas, herangezogen, aus denen er ein Epigramm mit drei Hendekasyllaben auf unseren Horaz anführt. Die Werke des Mäcenas waren damals noch vorhanden und leicht zugänglich; finden wir doch noch Spuren ihrer Benützung bei Charisius p. 79, 24 und 146, 29 ed. Keil, Diomedes p. 369, 21 u. 512, 12 K. und selbst noch bei Priscian p. 536, 6 H.[1]) Nebst den Gedichten des Mäcenas benützte Sueton auch noch dessen Testament, auf das er sich mit den Worten bezieht *multo magis (sc. quantopere eum dilexerit testatur) extremis iudiciis tali ad Augustum elogio: Horati Flacci ut mei esto memor*. Denn der letzte Wille stand natürlich im Testament, und das Wort *elogium* hatte die technische Bedeutung eines testamentarischen Ausspruchs im Gegensatz zu einer bestimmten testamentarischen Verfügung. Wie sehr man aber im Altertum von bedeutenden Männern neben den Schriften ihr Testament aufzubewahren pflegte, zeigt namentlich Laertius Diogenes, der in den Biographien der Philosophen ganz

---

1) Freilich ob diese Grammatiker selbst die angeführten Stellen im Mäcen aufspürten oder auch nur nachschlugen, bleibt sehr zweifelhaft. Bei Priscian muss dieses geradezu als ausgeschlossen gelten; aber auch Charisius hat ausgesprochener Massen die eine Stelle p. 146, 29 aus Julius Romanus entlehnt. Indes lebte auch dieser über ein halbes Jahrhundert nach Sueton.

gewöhnlich ausser ihren Schriften auch ihre letzten Verfügungen anführt.¹)

Mit den Schriften und dem Testament des Mäcenas hängt auch dessen Grabstätte zusammen, da nach dem Schlusse der Vita Horaz neben dem Grabhügel des Mäcen in den äussersten Esquilien, also in den horti Maecenatis beigesetzt war. Diese Grabstätten suchten die Grammatiker und Biographen auf, da sie teils über die Beziehungen der bestatteten Schriftsteller zu hohen Gönnern, teils über die Lebenszeit derselben authentischen Aufschluss gaben. In ersterer Beziehung erinnere ich nur an Ennius, der in der Grabstätte der Scipionen beigesetzt war,²) und an die griechischen Historiker Herodot und Thukydides, deren Gräber sich nach dem Biographen des letzteren, Marcellinus, in der Grabgruft des Kimon befanden.³) In letzterer Beziehung stehe ich nicht an die Notiz unserer Vita, *natus est VI Idus Decembris L. Cotta et L. Torquato consulibus, decessit V Kal. Decembris C. Marcio Censorino et C. Asinio Gallo consulibus post nonum*⁴) *et quinquagesimum annum*, im wesentlichen aus der Inschrift des Grabdenkmals unseres Dichters herzuleiten. Allerdings konnte man aus den Ge-

---

1) So sagt er V 11 bei Aristoteles: ἡμεῖς δὲ καὶ διαθήκαις αὐτοῦ περιετύχομεν οὕτω πως ἐχούσαις und macht dann einzelne Mitteilungen daraus; ebenso bei Platon III 41, Theophrast V 51, Lykon V 69, Epikur X 16.

2) Siehe Cic. pro Arch. 9, 22 und Livius 38, 56.

3) Marcellinus 17: πρὸς ταῖς Μελιτίαι πύλαις καλουμέναις ἐστὶν ἐν Κοίλῃ τὰ καλούμενα Κιμώνια μνήματα, ἔνθα δείκνυται Ἡροδότου καὶ Θουκυδίδους τάφος.

4) Statt *nonum* schrieb Vinetus *septimum* nach Hieronymus Ol. 192, 3: *Horatius LVII aetatis suae anno Romae moritur*. Zu dieser Verbesserung, die auch handschriftlich überliefert ist in der unten edierten Vita Horatii I des Cod. Mon. 375, stimmen auch allein die übrigen chronologischen Angaben; siehe index Reifferscheid p. 391, der einen anderen Weg der Verbesserung einschlägt.

dichten des Horaz selbst herausbringen, dass er unter dem Consulate des Manlius (C. III 21, 1: *o nata mecum consule Manlio*) und im Monate December (Epist. I 20, 26: *me quater undenos sciat implevisse Decembris*, und Epod. 11, 5: *hic tertius December, ex quo destiti Inachia furere*)[1]) geboren sei. Aber über den Tag der Geburt findet sich bei dem Dichter keine Andeutung, und selbstverständlich gar keine über den Tod. Das Todesjahr und den Todestag wird wohl Sueton aus einer kurzen biographischen Angabe, wie sie nach mündlicher Ueberlieferung den Ausgaben der Autoren beigefügt zu werden pflegten, entnommen haben. In dieser Notiz mag auch schon der Geburtstag gestanden haben, aber dann war derselbe doch jedenfalls erst durch Berechnung gefunden worden, und zwar, wie ich vermute, aus dem Grabstein des Horaz in den Anlagen des Mäcen. Ein unscheinbares Anzeichen der Verschiedenheit der Quelle für das Geburtsjahr und das Todesjahr liegt noch in unserem Suetontexte vor: die Consuln des Todesjahrs sind voll mit ihren drei Namen angegeben, die des Geburtsjahres hingegen nur mit Pränomen und Cognomen. Aus der Angabe des Todestages liess sich aber der Geburtstag berechnen, wenn auf dem Grabstein des Horaz, wie wir das noch so oft in Grabschriften finden, die Lebensdauer angegeben war, also nach dem Stil jener Inschriften mit: VIX. ANN. LVI MENS. XI D. XII.

Eine weitere Hauptquelle bildeten für Sueton die Briefe des Kaisers Augustus. Sueton erwähnt zwar unter den schriftstellerischen Werken des Augustus (c. 85) nicht auch Briefe, aber nur deshalb nicht, weil der Kaiser seinen Briefen keine

---

1) Interessant ist es in dieser Beziehung zu vergleichen eine Stelle der neuerdings von Traube, Poet. lat. medii aevi III 2 musterhaft herausgegebenen Vita S. Germani I 97: *Id bis octonos erat attrectasse decembres*, mit dem Scholion: *decembres* i. e. *sedecim annos*. Man hat also im Mittelalter, verleitet durch die angeführten Stellen des Horaz *december* geradezu im Sinne von *annus* genommen.

zur Herausgabe bestimmte, stilistisch abgerundete Form gegeben hatte. Dass aber zu Suetons Zeiten noch Briefe des Begründers der Monarchie in Umlauf waren, lässt sich von vornherein voraussetzen. Von Sueton selbst werden erwähnt c. 71 *autographa epistula* und c. 87 *litterae autographae*. Und dass er in seiner Lebensbeschreibung des Horaz auch eine Briefsammlung des Augustus benutzte, spricht er deutlich genug aus mit *extant epistolae* (sc. *Augusti*), *e quibus argumenti gratia pauca subieci*. Auch geht auf eine dem Verfasser vorliegende Briefsammlung das Präsens *appellat* in dem Satze: *praeterea saepe eum inter alios iocos purissimum penem et homuncionem lepidissimum appellat*. Denn gerade so gebrauchen wir das Präsens bei der Anführung von geschriebenen Zeugnissen, und gebraucht es auch sonst Sueton, wie Aug. 42 u. 74. Die Stellen, welche Sueton aus den Briefen des Augustus im Leben des Horaz anführt, sind witzig und geben ein erfreuliches Bild von der vertrauten Art, in der der mächtige Kaiser mit unserem Dichter verkehrte. Wir heben aus ihnen nur zwei heraus, welche zum Verständnis der Gedichte des Horaz noch nicht hinlänglich ausgebeutet sind.

Auf das zweite Buch der Episteln bezieht sich der Abschnitt: *post sermones vero quosdam lectos nullam sui mentionem habitam ita est questus (sc. Augustus): irasci me tibi scito, quod non in plerisque eiusmodi scriptis mecum potissimum loquaris; an vereris ne apud posteros infame tibi sit, quod videaris familiaris nobis esse? expresseritque eclogam ad se, cuius initium est:*

cum tot sustineas et tanta negotia solus,
res Italas armis tuteris, moribus ornes,
legibus emendes, in publica commoda peccem,
si longo sermone morer tua tempora, Caesar.

Daraus ersehen wir, dass die erste Epistel des zweiten Buches dem Horaz von August gleichsam abgepresst wurde.

Zugleich schloss Kiessling, Augusteische Dichter S. 58 u. Ausg. Einl. zu AP., aus den einleitenden Worten *post sermones quosdam lectos*, dass jener ersten Epistel belehrenden und litterarischen Inhaltes schon mehrere andere ähnlicher Art, also nicht bloss Epist. II 2 an Iulius Florus, sondern auch die sogenannte Ars poetica oder der Brief an die Pisonen, vorausgegangen waren. Ich halte diese Schlussfolge für völlig zutreffend und trete daher auch der Ansicht von Michaelis[1]) bei, dass die Ars poet. nicht in die letzten Lebensjahre des Dichters falle, sondern vor Epist. II 1 oder vor das Jahr 15 oder 14 zu setzen sei. Denn für Epist. II 1 hat jene Abfassungszeit mit Sicherheit Vahlen, Sitzb. d. Berl. Akad. 1878, 692 f. erschlossen, indem er in Epist. II 1, 252 ff.

terrarumque situs et flumina dicere et arces
montibus impositas et barbara regna tuisque
auspiciis totum confecta duella per orbem

eine offenbare Nachahmung fand der Verse C. IV 13, 11 ff.

Breunosque velocis et arces
Alpibus impositas tremendis deiecit.

Auf unsere Epistel II 1 bezieht sich nun aber eingestandener Massen auch der Brief des Augustus: *pertulit ad me Onysius libellum tuum, quem ego ut excusantem, quantuluscunque est, boni consulo*. Denn die excusatio enthalten eben die oben citierten Eingangsverse unserer Epistel. Noch nicht beachtet aber ist, dass mit *libellum* Augustus fein replicirte auf Horaz Ep. II 1, 220

---

[1] Ad. Michaelis, Die horazischen Pisonen, in Comment. in hon. Mommsenii p. 431 ff. Bei dieser Annahme ergibt sich auch noch der feine Witz, dass das letzte Gedicht der Sammlung (Ep. II 2) schliesst mit
Lusisti satis, edisti satis atque bibisti;
tempus abire tibi est, ne potum largius aequo
rideat et pulset lasciva decentius aetas.

*multa quidem nobis facimus mala saepe poetae,
ut vineta egomet caedam mea, cum tibi librum
sollicito damus aut fesso.*

Ein 'Buch' rühmt sich Horaz mit Epist. II 1 dem Augustus überschickt zu haben; ein 'Büchlein' antwortet Augustus mit schalkhaftem Spott. Es bekommt aber der Scherz noch mehr Hintergrund, wenn wie mit Kiessling das *post sermones quosdam lectos* auch auf die Ars poetica beziehen. Denn die konnte mit ihren 476 Versen nach antiken Begriffen wirklich für ein Buch (liber) gelten; unsere Epistel dagegen erhob sich mit ihren bloss 270 Versen kaum über den Begriff eines Büchleins (libellus).

Eine andere Stelle der Briefe des Augustus, die ich für die Erklärung des Horaz verwerten möchte, bezieht sich auf Septimius. Der Kaiser hatte unseren Horaz zu seinem Sekretär oder, wie die Alten sagten, zu seinem Briefschreiber machen wollen: *ante ipse sufficiebam scribendis epistolis amicorum, nunc occupatissimus et infirmus Horatium nostrum a te cupio abducere.* Horaz fürchtete die goldenen Fesseln und hatte, sich entschuldigend, abgelehnt. Darauf antwortete der Kaiser: *tui qualem habeam memoriam, poteris ex Septimio quoque nostro audire; nam incidit, ut illo coram fieret a me tui mentio. neque enim si tu superbus amicitiam nostram sprevisti, ideo nos quoque ἀνθυπερηφανοῦμεν.* An den Septimius nun ist die schöne, von ergreifender Melancholie erfüllte Ode II 6 gerichtet[1])

*Septimi, Gadis aditure mecum et
Cantabrum indoctum iuga ferre nostra* etc.

Dass hier Gades und Cantaber nur als Repräsentanten für den allgemeinen Begriff ferner Städte und Länder zu fassen seien,

---

1) Ob der in Epist. I 9 aus d. J. 733/21 von Horaz dem Tiberius zur Aufnahme in seine *cohors litteratorum* empfohlene Septimius mit dem Septimius unserer Ode identisch sei, wage ich weder zu bejahen noch zu verneinen.

kann nur einer aufstellen, der unseren Horaz nicht kennt.[1]) Die Ode kann nur i. J. 26 auf 25 gedichtet sein, als Augustus in Spanien den Feldzug gegen die Cantaber führte, nicht ohne manigfaches Ungemach und körperliches Leiden.[2]) Dem Horaz also hatte sich Septimius angeboten, mit ihm als treuer Freund und Begleiter nach Spanien und bis ans Ende der Welt zu gehen. Horaz aber fühlte sich leidend und herabgestimmt: müde der Märsche und des Kriegsdienstes früherer Jahre, sehnte er sich nach einem friedlichen sonnigen Platz, nach Tibur oder Tarent, wo er in Ruhe sein Haupt hinlegen könne. Passt diese Situation nicht trefflich zu jenem Brief des Augustus? Den Septimius gebrauchte der Kaiser zum Vermittler im Verkehr mit Horaz: derselbe wird nicht ermangelt haben dem Horaz, als ihm von seinem kaiserlichen Herrn die Stelle eines Sekretärs angeboten wurde, zuzureden, indem er sich ihm als Begleiter nach Spanien ans Hoflager des Kaisers anbot; aber Horaz blieb bei seiner Weigerung, er fühlte sich zu krank und lebensmüde. Diese Auffassung der stimmungsvollen, von Lehrs (Ausg. p. LXXVIII) merkwürdiger Weise dem jungen Horaz zugeschriebenen Ode würde aber auch dann aufrecht gehalten werden können, wenn man das in der Vita erwähnte Angebot des Augustus in spätere Zeit setzen zu müssen glaubte.

Anhangsweise teile ich aus dem Cod. Mon. 375 s. XII die drei Vitae Horatii und die Traktate über die Metra und Gedichtarten des Horaz mit, von welchen zuerst Cruquius am Schlusse seiner Ausgabe, p. 649 ff. Kenntnis gegeben hat.

---

1) Richtig urteilt darüber Aug. Luchs in der speciellen Abhandlung De Horatii carm. II 6, Ind. lect. Erl. 1898 S. 13.
2) Dio Cassius 53, 25 zum J. 729: αὐτὸς δὲ ὁ Αὔγουστος πρός τε τοὺς Ἄστυρας καὶ πρὸς τοὺς Καντάβρους ἅμα ἐπολέμησεν . . . . καὶ ὁ μὲν ἔκ τε τοῦ καμάτου καὶ ἐκ τῶν φροντίδων νοσήσας ἐς Ταρράκωνα ἀνεχώρησε καὶ ἐκεῖ ἠρρώστει.

Denn da einesteils die Codices Blandinii, aus denen dieselbe Cruquius publicierte, verloren gegangen sind und anderseits hier wie sonst Cruquius sehr frei mit dem Texte seiner Handschriften umgegangen zu sein scheint, so wird eine erneute Publication auf Grund eines kontrolierbaren Codex nicht unerwünscht sein, wenngleich unser Mon. 375 weder mit den Blandinii noch auch mit den anderen Codices, welche gleichfalls die Stücke enthalten sollen, sich messen kann.

I. = Cruq. III.[1])

Mon. 375 fol. 1 ante Carmina.

Horatius Quintus Flaccus praecone patre natus libertinae conditionis oriundo Venusinus fuit, quae civitas Apuliae est, non adeo opibus vilis aut studio. Nam studio litteris liberalibus eruditus pro ingenii claritate, quod in tantum iam a puero eminebat, ut ultra meritum natalium talibus 5 *disciplinis faceret eum aptum videri. Hic praeter studia Romana philosophiae causa Athenas profectus inter Epicureos primum locum tenuit. Familiaritatem etiam Marci Bruti adeptus est eius, qui cum Augusto dimicavit; nam et tribunus militum ipsius fuit, post victoriam vero civilis belli* 10 *interventu Maecenatis Horatio Caesar indulsit. Fuit autem idem Horatius statura brevis, lippus, obeso corpore, iracundus, obscenis moribus, ita ut cubiculo speculato uteretur, quo se coeuntem videret. Natus VI idus Decembres Cotta et Torquato consulibus, septuagesimo septimo anno aetatis* 15 *periit, herede Augusto. Sepultus est iuxta Maccenatis tumulum. In opere suo Alceum imitatus est, in satyra Lucilium.*

1) Prima haec vita commixta est ex vitis Suetonii et Porphyrionis, vide supra p. 61; paululum differt vita a Glaesero Rh. M. VI 439 ex recentiore codice prolata.

17 *Lucilium* hic finis vitae statuendus est; sequitur in codice initium commentarii in C. I 1, deinde tractatus metricus, cuius initium hoc est: *Decem et novem modos metrorum in carmine suo posuit. prima igitur monocolos est* etc.

II. = Cruqu. I.[1])

Mon. 875 fol. 164 post Sermones.

Inscr.: *expliciunt libri Horatii Quinti Flacci. incipit vita eiusdem.*

Horatius Flaccus Venusinus patre ut ipse tradidit libertino et exactionum coactore, ut vero traditum est salsamentario, cum illi quidam in altercatione exprobrasset, quotiens ego vidi patrem tuum brachio se emungentem. Bello
5 *Philippensi excitus a Marco Bruto imperatore tribunus militum meruit, victisque partibus venia impetrata scriptum quaestorium comparavit; ac primo Maecenati, mox Augusto insinuatus non mediocrem in amborum amicitia locum tenuit. Maecenas quantopere eum dilexerit, satis testatur illo epi-*
10 *grammate:*

    Ni te visceribus meis, Horati,
    plus iam diligo, tu tuum sodalem
    Ninnio videas strigosiorem.

Sed multo magis extremis iudiciis tali ad Augustum
15 *elogio: Horatii Flacci ut mei esto memor. Habitu corporis brevis fuit atque obesus, qualis et a semet ipso in satyris describitur et ab Augusto hac epistola: pertulit ad me Onysius libellum tuum, quem ego ut excusantem, quantuluscunque est, boni consulo. Vereri autem mihi videris, ne maiores*
20 *libelli tui sint quam tu ipse es. sed tibi statura deest, corpusculum non deest, itaque licebit in sextarialo scribas, ut circuitus voluminis tui sit ὀγκωδέστατος, sicut est ventriculi tui. Ad res venerias intemperantior traditur. Nam specu-*

---

1) Altera haec vita ex Suetonii vita adbreviata est, de qua vide supra p. 65.

  2 *salment*. M.   5 *philipensi* M. *tribunatus* M.   12 *tutum* M.
13 *nimio* M. *videras* M.   18 *accusantem* M.   19 *consilii* M.
22 ΟΓΚΩΔΗCΤΑΤΟC M.

lato cubiculo scortum dicitur habuisse dispositum, ut quocunque respexisset, ei imago coitus obviaret.

III. = Cruqu. II.[1])

Mon. 375 fol. 165 post vitam antecedentem nullo spatio interposito.

Horatius Flaccus libertino patre natus in Apulia cum patre in Sabinos commigravit; quem cum pater Romam misisset in ludum litterarium, parcissimis eruditus inpensis angustias patris vicit ingenio, coluitque adolescens Brutum, sub quo tribunus militum fuit, captusque est a Caesare. Post multum tempus beneficio Maecenatis non solum servatus sed etiam in amicitiam receptus est, quapropter Maecenati et Augusto in omnibus scriptis suis venerabiliter assurgit. Scripsit autem libros carminum IIII, epodon, carmen saeculare, de arte poetica librum I, sermonum libros II, epistolarum quoque libros II. Commenti sunt in illum Porphyrion, Modestus, Helenius [et] Acron, melius omnibus Acron.

IVa.[2])

Mon. 375 fol. 165 post duas vitas neque spatio interposito neque titulo praemisso.

In Horatio sciendum est esse oden ut eclogam in Virgilio bucolicorum, modos autem locutionis esse diversos, scilicet [Asclepiadeum] erotice amatorie, pragmatice causative,

---

1) Tertia haec vita ex Porphyrionis commentariis excerpta est; vide supra p. 61.

2) Quartus hic tractatus ex tribus partibus constat, quarum prima (IVa) in codd. AL post Carminum librum tertium legitur, secunda fere integra ex Servii libello de metris Horatii (Gramm. lat. ed. Keil IV 468—472) expressa est et in aliis codicibus ante Art. poet. legitur (cf. Keller II 326 ad Art. poet.).

1 *specula toto cubiculo dicitur habuisse disposita* emendavit Glaeser, vide supra p. 68 sq. 5 *litterarum* M. 13 *Porphirion* M. 15 *et* scripsi: *ut* M. 17 *heroetece* M.

hypothetice personaliter, parainetice interpositive, prosphonetice exclamatorie, proseuctice deprecatorie, paeon [proseuctice] laudative.

IV^b.

fol. 165—168 nullo spatio interposito.

Ode monocolos est, quotiens uno metro sine alterius
5 ammixtione est; dicolos est ode, quae duobus metris scripta est; tricolos vel tetracolos, in qua post duos aut tres versus alia inchoant.

Prima igitur ode monocolos est, cantus unimembris. Nam versus, qui Asclepiadeus dicitur, constat pedibus IIII,
10 spondeo, duobus choriambis, pyrrichio sive iambo, ususque est hac metri compositione cantibus his tribus, quorum primordia subnotavi: *Maecenas atavis   Exegi monumentum. Donarem pateras.*

Secunda ode dicolos est tetrastrophos, id est duabus
15 metri compositionibus, a quarto facta replicatione; habet enim primos tres versus, quibus nomen est Sapphicus, et constat ⟨trocheo spondio dactylo duobus⟩ trocheis; quartus vero, qui Adonius dicitur, dactylo et spondeo pedibus terminatur, utiturque hac metri compositione cantibus VI et
20 XX. quorum primordia subnotavi: *Iam satis. Mercuri facunde* etc. etc.

His metris scripti sunt quattuor carminum libri et epodon 1 et carmen saeculare. Nam sermonum et epistolarum et artis poeticae liber ⟨heroico hexametro iugiter⟩
25 continetur.

---

1 *hypotet.* M.   *paran.* M.   2 *proseut.* M.   *beon proseut.* M.
16 *tres*] quattuor M.   21 reliqua post Keilii egregiam curam iterum typis mandare inutile duxi; solos versus ultimos, cum paulum a Keilii editione discrepent, excudendos curavimus.

IVᶜ.¹)

fol. 168—169 post IVᵇ in eadem linea continuatum.

Adonium ex spondeo et dactylo: *terruit urbes*. Archilo- m ex penthemimeri [et], duobus dactylis et syllaba: *liberat ɔolytum*. Pherecratium ex spondeo dactylo et spondeo: o *Pyrrha sub antro*. Glyconium ex spondeo et duobus ylis: sic te diva. Tetrametrum acefalum heroicum: aut 5 esum. Heroicum integrum [est]: *laudabunt alii*. Dimetrum ılum iambicum: *non ebur*. Dimetrum catalecticum: *amice ugnacula*. Dimetrum hypercatalecticum: *silvae laborantes*. ıetrum catalecticum **** *ibis liburnis*. Asclepiadeum ex ɔleo dactylo et syllaba longa duobusque dactylis: *Mae-* 10 ɔ atavis. Sapphicum ex trocheo spondeo dactylo et duobus ıeis: *iam satis terris*. Alcaicum ex penthemimeri iam- et duobus dactylis: *vides ut alta*. Logaoedicum ex us dactylis et duobus trocheis: *flumina*. Choriambicum ɔdecasyllabum ex spondeo et tribus choriambis et pyr- 15 ɔo: tu ne ⟨quaesieris⟩ *scire nefas*.**** Choriambicum ɔedecasyllabum] tetrametrum catalecticum ex epitrito ɪdo et duobus choriambis et bacchio vel amphibacchio: *leos oro*. Ionicum ex minore ex tribus ionicis a minore: *rarum est*. Asynarteton Archilochium ex tetrametro 20

---

1) Tertia haec pars (IVᶜ) cum in codicis Vossiani 33 folio 133 Rufini libellum de metris exarata sit, ex sollertis illius artificis na procreata esse videtur; ex codice illo Vossiano Pasiphaes am, cum metrico commento arctissime illam coniunctam, repe- post Heinsium Binetum alios nuper Baehrens Poet. lat. min. 8 squ.
1 *Archilocum* M.   3 *Pheregratium* M.   5 et 7 *arcefalum* M. ɪnam quam indicavimus sic expleas: *iambicum: trahuntque siccas*. etrum iambicum acatalecticum.   11 *Saph.* M.   12 *Alchaic.* M. *gedicum* M.   15 *Choriambicum tetrametrum—oro* ante chor. end. ɔondeo—*nefas* exhibet M.   16 et 17 *endecas*. M.   19 lacunam ı indicavimus sic expleas: *Aristophanius ex choriambo et bacchio ımphimacro: Lydia dic per omnes*.

[iambico et penthemimeri] heroico et tribus trocheis: solvitur
acris hiems. Asynarteton Sapphicum ex penthemimeri heroica
et dimetro iambico: scribere versiculos. Asynarteton Sapphicum
ex dimetro iambico et penthemimeri heroica [et tribus trocheis]:
5 invicte mortalis dea.

His de metris Pasiphaes incipit fabula:

Filia solis
aestuat igne novo
et per prata iuvencum
10 mente perdita quaeritat.
non illam thalami pudor arcet,
non regalis honor, non magni cura mariti.
optat in formam bovis
convertier vultus suos,
15 et Proetidas dicit beatas
Ioque laudat, non quod Isis alta est,
sed quod iuvencae cornibus frontem beat.
si quando miserae copia suppetit,
brachiis ambit fera colla tauri,
20 floresque vernos cornibus illigat,
oraque iungere quaerit ori,
audaces animos efficiunt tela Cupidinis.
illicitisque gaudet:
corpus includit tabulis efficiens iuvencam,
25 et amoris pudibundi malesuadis
obsequitur votis et procreat, heu nefas, ⟨bimembrum⟩,
Cecropides iuvenis quem perculit fractum manu,
filo resolvens Gnosiae tristia tecta domus.

---

1 heroica M. 2 Sinartecon saphicum — versum ante sinartecon
archiloicum — hiems M. sinartecon M. 6 pasiphes M. 15 pre-
das M. 16 ysis M. 17 beavit M. 26 procreavit M. 27 quae M.

II.
Die Klassifikation der Horazhandschriften.

Bei einem so gut erhaltenen Texte, wie es der des Horaz ist, spielt die emendatio oder die divinatorische Kritik keine grosse Rolle, aber eine noch geringere die recensio oder die Zurückführung des Textes auf die älteste und treueste Form der Ueberlieferung. Aber gleichwohl darf doch auch bei Horaz die recensio nicht ganz vernachlässigt werden. Einmal bildet sie auch hier die Grundlage, von der die Emendation, wenn sie sich nicht ins Blaue verlieren will, ausgehen muss, und dann hängt doch auch wirklich in einigen Fällen die Wahl unter den Varianten von der richtigen Abschätzung der Handschriften ab. Diese recensio aber ist, wenngleich sie keine grosse Rolle zu spielen berufen ist, doch keineswegs leicht, umgekehrt sehr schwierig, weil eben Horaz im Mittelalter sehr viel gelesen wurde und seine Gedichte auf solche Weise nicht durch einen Kanal, sondern durch viele Kanäle auf uns gekommen sind. In den früheren Jahrhunderten ist man überhaupt nicht ernstlich an diese Aufgabe herangetreten: man kannte die Handschriften zu wenig und gewöhnte sich seit Bentley zu sehr daran, die Handschriften zu verachten und sich lieber auf die weite See der ästhetischen Kritik zu wagen. Erst in unserer Zeit haben Keller-Holder einen wohl geordneten kritischen Apparat geschaffen, und hat der erstere der beiden verdienstvollen Gelehrten auch eine Klassifikation der Handschriften und eine Zurückführung derselben auf einen Archetypus versucht in dem Aufsatz Ueber die Handschriftenklassen des Horaz im Rhein. Mus. XXXIII (1878) 122 ff. und in den Epilegomena zu Horaz, Leipz. 1879 S. 777 ff. Aber gelungen wird keiner den Versuch nennen. Denn wie könnte einer einem Stemma vertrauen, in welchem R einmal als Hauptvertreter der Klasse I bezeichnet ist und eben derselbe Codex wieder als 'Repräsentant der I. oder

III. Classe, resp. der zwischen der I. und III. Classe schwankenden R π-Familie' aufgeführt wird? Und will man auch keinen Wert darauf legen, dass immer noch manche Handschriften, wie namentlich die Englands, nicht herangezogen sind,[1]) so ist doch jedenfalls dem Blandinius vetustissimus in jenem Stemma eine viel zu untergeordnete Stellung zugewiesen worden. Denn dieser Codex ist zwar bald nach Cruquius zum ewigen Schaden der Wissenschaft durch Feuer zugrunde gegangen, und Cruquius' Mittheilungen über ihn sind spärlich und ungenau, aber wir wissen doch schon durch die eine Bemerkung zu Sat. I 6, 126 genug von ihm, um seinen ganz hervorragenden Rang in der handschriftlichen Ueberlieferung des Horaz zu beurteilen.

Ich selbst hatte in den sechziger Jahren aus den hiesigen Handschriften und aus den von Cruquius, Pottier, Vanderbourg, Orelli, Kirchner in ihren Ausgaben mitgeteilten Collationen Pariser und Schweizer Handschriften mir einen kritischen Apparat zusammenzustellen und über das Verhältnis der Handschriften zu einander nachzudenken begonnen. Als aber dann Keller und Holder mit ihrem ungleich reicheren und besseren Apparat hervortraten, gab ich alle meine Pläne wieder auf und liess meine Papiere zum grössten Teil in den Papierkorb wandern. Wenn ich heute einen Teil jener Pläne wieder aufnehme, so thue ich es in der Hoffnung mit Hilfe einer anderen Methode dem Ziele näher zu kommen. Denn das Material, das ich habe, geht nicht erheblich über das Keller'sche hinaus, so dass ich eine abschliessende Untersuchung, in der jede Handschrift ihre Stelle bekäme, nicht zu führen vermag. Aber das ist zuletzt auch nicht notwendig; auch ohne dieses hoffe ich auf dem im folgenden eingeschlagenen Weg über die Hauptpunkte der handschrift-

---

1) Nachträge aus England über den Cod. Reginensis gibt Wickham in seiner Ausgabe, Oxford 1874, S. I p. 388—408 u. II 433—447.

lichen Ueberlieferung des Horaz ins Reine zu kommen. Zuvor aber wird es gut sein die Siglen zu verzeichnen, die wir statt der vollständigen Titel in der Untersuchung gebrauchen werden:

Diom. = Diomedis ars gramm. de metris Horatianis p. 518 bis 629 ed. Keil.
Serv. = Servius de metris Horatii, in Gramm. lat. ed. Keil IV 468—72; vgl. oben S. 79.
Vict. = Victorinus de metris Horatianis, in Gramm. lat. ed. Keil VI 160—174.
Porph. = Porphyrionis commentarii in Horatium, ed. W. Meyer 1874.
V = cod. Blandinius nach den Angaben von Cruquius in Ausg. von 1579.
A = cod. Paris. 7900ᵃ s. IX/X; es fehlt Epod. 16, 26 bis 17, 81, Epist. II mit AP., Sat. I II.
B = cod. Bernensis 363 s. IX; schliesst mit S. I 3, 135, so dass die übrigen Satiren und Epist. 1. II ausgefallen sind. Die Ordnung der Oden und Epoden ist ganz gestört, worüber Orelli in Ausg. praef. I.
F = archetypus codd. Pariss. 7974 (φ) et 7971 (ψ) s. X.
L = cod. Paris. 7972 s. IX/X in Uebereinstimmung mit Leidensis 28 s. X.
E = codicis Monac. 14685 altera pars s. XII, enthält nur Epist. Serm. ohne AP.
C = codicis Mon. 14685 prior pars s. IX, enthält C. IIII Epod. CS. AP. S. I 4, 122 — I 6, 40 u. II 8.
D = cod. Argentoratensis C VII 7 s. X, enthält nur Carm. I—III 2, 30 u. Serm. I 1 — II 5, 94.
R = cod. Vaticanus 1703 s. IX/X, bricht ab mit S. II 1, 16, hat aber Epist. u. AP.
O = Oxoniensis Reginensis s. X, worüber Wickham in Ausg. Oxonii 1877.

g = cod. Gothanus 61 s. XV, enthält im ersten Tei
  fol. 28—142 nur Serm. u. Epist. in grosse
  Unordnung, im zweiten Teil fol. 147—206 di
  Carm. u. Epod. als Carm. lib. V.
a = cod. Ambrosianus O 136 s. X.
b = cod. Bernensis 21 s. X.
d = cod. Harleianus 2688 s. IX/XI, womit nahe ver
  wandt Harlei. 2725 (δ).
s = cod. Sangallensis 312 s. X.
t = cod. Turicensis C 154 s. X, enthält C. IIII Epod. AP
u = cod. Paris. 7973 s. X.
z = Zulichemianus Leidensis 127. s. XII.
m = cod. Monac. 375 s. XII, vollständig mit Scholier
  und Vitae.
o = cod. Monac. 14498 s. XI/XII, enthält C. III 15, 1:
  bis IV fin. Epod. CS. AP. S. I—II 8, 91.
i = cod. Monac. 14100 s. XII, enthält Epod. 16, 1(
  bis 17, 81 CS. AP. S. I. II (ausgefallen sin(
  S. II 3, 10—4, 67).
f = cod. Monac. 14693 s. XII, enthält AP. Epist. I. II
γ = cod. Paris. 7975 s. XI.
ε = Einsidelensis 361 s. X.
π = cod. Paris. 10310 s. X/XI.

Ausserdem werden erwähnt, ohne dass ich Siglen z
gebrauchen für notwendig gefunden hätte, Bern. 508 s. XII
Regius Bentleii s. XIII, Lipsiensis secundus Kirchneri s.)
(l) u. a.

Die Reihenfolge der Gedichte.

Es steht durch sichere Beweise fest und wird allgemein
anerkannt, dass Horaz selbst zu verschiedenen Zeiten sein(
Gedichte in gesonderten Bündchen (volumina) herausgegeber
hat. Solche Bündchen waren Sat. lib. I. Sat. lib. II. Epod

lib. I, Carm. lib. I. II. III., Epist. lib. I., Carm. lib. IV. Das Carmen saeculare gab er für sich bei Gelegenheit der Säcularspiele heraus (Birt Ant. Buch. 298), ohne dasselbe später mit einer seiner Liedersammlungen zu vereinigen. Ob er die 3 grossen Episteln, die wir seit H. Stephanus als Epist. II 1. 2. 3 zählen, zu einem Buch zusammengefasst, oder zuerst die Ars poet. als ein Buch für sich und dann später gesondert die 1. und 2. Epistel als ein weiteres Buch poetischer Briefe herausgegeben hat, lässt sich, soviel ich sehe, nicht bestimmt entscheiden. Denn daraus, dass die AP. die Form eines Briefes hat und dass überdies der Grammatiker Charisius p. 202, 26 und 204, 5 K. unter dem Titel *Horatius epistularum* Stellen daraus citiert, lässt sich für die Lösung der Streitfrage, wie wir sie gestellt haben, nichts entnehmen. Denn es konnte ja auch Horaz seine Briefe in 3 Büchern herausgegeben haben. Ebensowenig aber lässt sich nach der anderen Seite etwas sicheres daraus schliessen, dass schon Quintilian VIII 3, 60 u. praef. 2 unsere AP. als *liber de arte poetica* citiert. Denn es konnten recht wohl damals bereits zu Schulzwecken die Grammatiker die AP. von den anderen Episteln des zweiten Buches losgetrennt haben.

Besorgte Horaz auch schon eine Gesammtausgabe seiner Gedichte? Auch auf diese Frage lässt sich eine zuversichtliche Antwort nicht geben. Zeit hatte allerdings Horaz zu einer solchen Aufgabe; denn zwischen dem letzten seiner Gedichte, Epist. II 1, und seinem Tod liegen noch 6 Jahre (14—8 v. Chr.) inzwischen. Auch scheint der Umstand, dass in allen Gesamtausgaben, so weit wir dieselben zurückverfolgen können, die Oden voranstehen, dafür zu sprechen, dass denselben diese bevorzugte Stellung von dem Dichter selbst gegeben worden sei. Aber alle diese Momente können keinen entscheidenden Beweis abgeben. Man kann in dieser wie in der vorausgehenden Frage sich für die eine der beiden Möglichkeiten als die wahrscheinlichere aussprechen; aber darüber hinaus zu gehen ziemt dem Gelehrten nicht, der sich der Grenzen unseres Wissens bewusst bleibt. Auch darüber, in wie viele Bücher die Gesamtausgabe, sei es von Horaz selbst, sei es von einem Grammatiker nach dessen Tod geteilt worden sei, haben wir nur eine unbestimmte Andeutung. Es hat nämlich Zangemeister, De Horatii vocibus singularibus, Berl. 1862, p. 40 ff. mit grossem Scharfsinn und mit fast allgemeiner Zustimmung der Fachgenossen die Worte des Charisius p. 202, 28 u. 210, 21 Q. *Terentius Scaurus in commentariis in artem poeticam libro X* dahin gedeutet, dass der berühmte Grammatiker der hadrianischen Zeit zu jedem Buch des Horaz ein Buch Commentare geschrieben und dabei die AP. als zehntes und letztes Buch genommen habe. Dem zuzustimmen bin auch ich geneigt; aber vor einer definitiven Entscheidung muss doch auch noch die Frage über die Stellung des CS. in Erwägung gezogen werden. Von vornherein bestehen hier zwei Möglichkeiten: entweder es bildete das CS., wie es getrennt für sich herausgegeben wurde, so auch noch später ein eigenes Buch oder Büchlein, oder es wurde dasselbe nachträglich von den Grammatikern mit einem der grösseren Bändchen vereinigt, wozu sich dann kein geeigneteres als das vierte der Carmina bot. Offenbar setzte das letztere Zangemeister als selbstverständlich voraus. Aber so einfach liegt die Sache doch nicht. In der Mehrzahl unserer Handschriften steht, wie wir gleich nachher näher sehen werden, das CS. nicht nach dem 4. Buch der Carmina, sondern erst nach den Epoden. Und mehr, durch eine Handschrift, Mon. 14498, ist uns sogar bezeugt, dass das CS. als eigenes Buch und zwar als 6. Buch gezählt wurde. Hier steht nämlich fol. 39 am Schlusse des CS. die Unterschrift *Horatii Flacci carminum libri III expliciunt*. Jenes III ist nun aber offenbar, wie so oft, verschrieben für UI d. i. VI, und von dem Schreiber des Archetypus unserer Münchener Handschrift sind demnach im Ganzen 6 Bücher Carmina gerechnet worden. Auch lässt sich der Umstand, dass in einigen, allerdings jungen Handschriften, Goth. 61 (g), Bern. 508 s. XII, Brux. 10063 s. XIII, und in der Vita Horatii von Porphyrion das CS. ganz fehlt, für die Annahme verwerten, dass das CS. ehemals ein Bündchen für sich gebildet habe und bei der Zusammenstellung der einzelnen Volumina zu einer Gesamtausgabe übersehen worden sei. Indes braucht deshalb noch nicht die Vermutung Zangemeisters unbedingt zurückgewiesen zu werden. Es gab sicher andere Gesamtausgaben, in denen, wie in dem Exemplar des Porphyrion, das CS. vor den Epoden stund und, ehe noch die AP. dazwischen geschoben wurde, unmittelbar auf das 4. Buch der Carmina folgte. Ja ich kann sogar noch einen urkundlichen Beweis anführen, dass das CS. mit den Oden des 4. Buches zu einem Buche vereinigt wurde. Es steht nämlich im Mon. 14685 (C) am Schlusse des CS., wiewohl dasselbe hinter die Epoden gestellt ist, die Unterschrift: *Flacci Horatii liber carminum IIII explicit. Incipit de arte poetica.*

Wenden wir uns nun zu der in Handschriften und Kommentaren bezeugten Reihenfolge der horazischen Gedichte, so können wir mit unseren Hilfsmitteln folgende 7 Arten der Anordnung unterscheiden:

1. C. IIII Epod. CS. Epist. S.   ehedem A.[1])
2. C. IIII AP. Epod. CS. S. II Epist. II   V.[2])
3. C. IIII AP. Epod. CS. Epist. II S. II   Porph. vita[3]) und FLR.
4. C. IIII Epod. CS. AP. S. II Epist. II   Vita III, Mon. 375 und ehedem BC.

---

1). In A fehlt Epist. II mit AP. und Serm.; es lässt sich daher nur vermuten, dass ehedem in ihm die AP. den Schluss der Episteln bildete.

2) Ich beschränke mich hier darauf, immer nur den oder die ältesten Vertreter anzuführen.

3) CS. ist in der Vita nicht namentlich aufgeführt.

5. C. IIII Epod. CS. S. Epist. AP.   Servius in Mon. 375.¹)
6. C. IIII AP. CS. Epod. S. II Epist. II   Porph. comm.
7. C. IIII Epod. CS. AP. Epist. II S. II   Serv. bei Keil.²)

Drei Dinge sind es, welche die Handschriften von einander scheiden: erstens die Stellung des CS., welche die einen zu dem 4. Buch der Carmina stellten, die andern als Anhang auf das 5. Buch der Lieder d. i. auf die Epoden folgen liessen; zweitens die Stellung der AP., welche von ihrer ursprünglichen Stelle unter den Episteln entfernt und entweder nach den Carmina oder nach den Epoden und dem den Epoden angehängten CS. gestellt wurde; drittens die Folge der Satiren und Episteln, indem die Episteln entweder in ihrer ursprünglichen, chronologisch allein gerechtfertigten Stellung nach den Satiren belassen oder den letzteren vorangeschickt wurden. Ueber die verschiedene Stellung des CS. und den Grund derselben habe ich bereits oben gehandelt. Die Umstellung der AP. findet sich in allen bis jetzt bekannten Handschriften — der vollständige Cod. A, der jetzt mit Epist. I abbricht und die AP. nicht enthält, machte vielleicht eine Ausnahme — und erklärt sich einfach daraus, dass schon im Altertum³) etwelche Grammatiker, statt alle Gedichte des Horaz nur die zwei, welche ihnen am wichtigsten

---

1) Siehe oben S. 80; im Servius von Keil Gramm. lat. VI 471, 10 folgen sich C. IIII Epod. CS. AP. Epist. S.

2) Vielleicht gehörte zu dieser Klasse die Vorlage des unvollständigen Mon. 14693 s. XII (f), der nur AP. Epist. I. II und zwar in der bezeichneten Folge enthält, und des Bern. 508 s. XII, in dem sich folgen C. IIII Epod. AP. Epist. II S. II.

3) Die Zeit, wann dieses geschah, steht allerdings nicht fest; ins Altertum gehe ich zurück, weil schon Servius und Porphyrion, der letztere in der Vita und in dem Kommentar, die AP. nach den Carm. lasen. Mavortius hingegen scheint noch die lyrischen Gedichte zusammengehalten und nicht durch AP. unterbrochen zu haben, so dass er zu der Klasse 1, 4 und 7 stimmte.

zu sein schienen, die Lieder und das Lehrgedicht über die Dichtkunst, zu einer Ausgabe in einem Codex vereinigten. Dabei begnügten sich die einen, vertreten durch Porphyrion und VFLObmfγ, mit den 4 Büchern Oden; die andern, vertreten durch Servius und BCRaio, wollten doch alle Lieder aufgenommen haben und stellten demnach die AP. nach Carm. Ep. CS. oder doch nach Carm. Ep. (so ft und Bern. 508). Auch die dritte Umstellung scheint in einer chrestomatischen Auswahl ihren Grund zu haben, indem einige Abschreiber den Satiren keinen besonderen Geschmack abgewannen und deshalb mit Auslassung oder späterer Ergänzung derselben[1]) die Episteln gleich auf die Carmina oder die AP. folgen liessen. Die Klasse, in der die richtige Reihenfolge, Sat. Epist., beibehalten ist, wird vertreten durch Porph. VBOCgiosε; umgekehrt stehen die Episteln vor den Satiren in Porph. vit. und Serv. bei Keil, ferner in AFLERabdmfγ, vielleicht auch ehedem in D.

Ob schliesslich auch umgekehrt Exemplare aus dem Altertum kamen, die mit Ausschluss der lyrischen Dichtungen nur die Sermonen, d. i. die Satiren und Episteln enthielten, ist nicht ausgemacht. Sicher gab es im Mittelalter derartige Handschriften; der Hauptrepräsentant derselben ist der Cod. E, der Ep. I. II und S. I. II aber mit Ausschluss der AP. enthält;[2]) aber dieselben sind doch zu jung — E gehört dem 12. Jhrh. an —, als dass man sie auf ein Exemplar des Altertums zurückzuführen wagen dürfte. Eher lässt es sich

---

1) Noch in dem verhältnismässig jungen Mon. 375 (m) lässt sich deutlich erkennen, dass der Schreiber die Satiren erst nachträglich den übrigen Gedichten des Horaz zugefügt hat, indem dieselben von den Episteln durch ein leeres Blatt getrennt sind.

2) Der Cod. Argentoratensis A IV 195 s. XII/XIII und der Regius Bentleii s. XIII entbalten nach Keller (praef. ad epist. p. X. XIII) AP. S. Ep.; der Berolinensis 269 s. XIII enthält Epist. I. II. AP. S. I. II.

wahrscheinlich machen, dass einige Handschriften, wie insbesondere L, ursprünglich nur die lyrischen Gedichte enthielten und ihre jetzige Vollständigkeit nur der späteren Zufügung der Satiren und Episteln aus anderen vollständigen Handschriften verdanken.

Wir haben oben 7 verschiedene, bis in das Altertum zurückzuführende Reihenfolgen der Gedichte des Horaz angenommen. Davon finden sich 3 (5. 6. 7) nur durch die Vitae und Kommentare der Grammatiker bezeugt. Auf die Hdschr. kommen nur 4 Klassen (1. 2. 3. 4), und von diesen sind 2 (1. 4) nur durch unvollständige Hdschr. vertreten, indem in A ausser dem 2. Buch der Episteln und der AP. auch noch die Satiren ganz, und in B der grössere Teil der Satiren und die Episteln ganz fehlen. Vervollständigt wurde von diesen beiden ältesten Vertretern der Klasse 1 u. 4 schon frühe A mit Hilfe vollständiger Handschriften. Die Vervollständigung findet sich bereits im Ambrosianus O. 136 (a), der in den Anfang des 10. Jhrhts. gesetzt wird. Hingegen scheint B, weil in ihm die Oden und Epoden ganz durcheinander geworfen waren, weder zur Ergänzung noch zur Abschrift gereizt zu haben.[1]

In die genannten Klassen sind alle beachtenswerte Handschriften des Horaz einzureihen: A (1), V (2), BC (4), FL (3), E (1 od. 3); ob aber auch alle Handschriften auf die oben verzeichneten Hauptvertreter der einzelnen Klassen zurückzuführen sind, das ist eine andere Frage, zu deren Beantwortung wir jedenfalls noch andere Momente heranzuziehen haben.

Zum Schluss sei bezüglich der Namen der einzelnen Dichtungen noch bemerkt, dass sich der echte Name Carmina statt des gräcisierenden Odae in allen Klassen erhalten hat,

---

[1] Keller stellt mit B den ersten Teil des Mon. 14685 (C) s. XI zusammen, der selbst wieder unvollständig ist; er enthält C. IIII Epod. CS. AP. S. I 4, 122—I 6, 40 u. II 8.

ferner dass der Name Sermones, den noch Sueton in der Vita, der Sache gemäss, von allen in der Umgangssprache sich bewegenden Gedichten (Plaudereien), von den Satiren wie den Episteln, gebraucht hatte, auf die ersteren beschränkt ist, womit auch der Wegfall des alten Specialtitels Satirae zusammenhängt, endlich dass die einzelnen Satiren in Handschriften der Klasse 2 und 3 (V F L O i) unter dem Titel eclogae aufgeführt und gezählt werden (ecloga I, ecloga II etc.).[1])

Die subscriptio Mavortii.

In 7 Handschriften findet sich am Schlusse der Epoden die berühmte subscriptio: VETTIVS AGORI BASILI MAVORTIVS VC ET INL EXCOM DOM EXCONS ORD LEGI ET VT POTVI EMDAVI CONFERENTE MIHI MAGISTRO FELICE ORATORE VRB ROM
Die 7 Hdschr. sind L (= Parisin. 7972 u. Leidensis 28), O (= Reginensis),[2]) g (= Gothanus 61), Bruxellensis 9776 s. XI, Taurinensis K I 7 s. XI, Parisinus 8216 s. XIV (q). Keller vermutet (Ausg. I 223), die gleiche subscriptio habe ehemals auch in A, wo der Schluss der Epoden ausgefallen ist, gestanden, da A mit L den Scholienzusatz am Schlusse von Carm. lib. III gemeinsam hat. Das lässt sich hören, ist aber nicht sicher, da auch B und a, die sonst mit A stimmmen, die subscriptio nicht haben. Von V ist nichts angemerkt; in ihm wird also die Unterschrift gefehlt haben. Als sicherer und ältester Vertreter der recensio Mavortiana muss uns mithin L gelten.

Die durch jene subscriptio charakterisierte Handschriftenklasse geht auf die Zeit nach 527 zurück, in welchem Jahre Mavortius Consul war. An diese feste chronologische That-

---

1) Nach Cruquius p. 308 trug V die Ueberschrift: Incipit Eclogarum liber primus.
2) Nach Coxe bei Wickham I 407 rührt die subscriptio in O nicht von derselben Hand wie die Titel, sondern von einer jüngeren her.

sache schliessen sich zwei zweifelhafte Punkte. Zunächst ist es zweifelhaft, ob Mavortius und sein Gehilfe Felix auch die übrigen Gedichte, CS. AP. S. Epist., in gleicher Weise durchgesehen und emendiert haben. Von CS. möchte man dieses glauben, da dasselbe zu den Carmina gehört und ehedem, wie wir oben vermuteten, vor den Epoden seine Stelle hatte;[1]) aber zur gleichen Annahme bezüglich der Sermonen und Episteln fehlen sichere Anhaltspunkte,[2]) und geht umgekehrt L, der Repräsentant der Mavortiana, in den Satiren und Episteln öfter mit F als mit B zusammen, während in den Carmina in der Regel F den vereinigten Codd. LAB gegenübersteht.[3])

Das andere was man in Frage stellen kann, ist, ob jene subscriptio schon in dem Archetypus oder in den Archetypi der übrigen Horazhandschriften gefehlt habe, oder ob dieselbe erst im Mittelalter von den Abschreibern als unnütz und unverständlich weggelassen worden sei. Das erstere möchte man gerne für AB annehmen, da diese in den Carmina sehr oft mit L in der gleichen Lesart übereinstimmen.[4]) Aber die Ueber-

1) In L ist dieses freilich nicht mehr der Fall, und von B wird sogar ausdrücklich der Zusammenhang von C. IV mit Epod. bezeugt durch die Ueberschrift: CARM LIB IIII EXPLI INC LIB V EPODON. Das Gleiche gilt auch von dem rec. Mavortiana bezeugenden Goth. g, dessen zweiter Teil die lyrischen Gedichte mit Ausschluss des CS. enthält, und in dem die Epoden als Carm. lib. V bezeichnet sind.

2) Selbst Keller, der im übrigen die Thätigkeit des Mavortius auf den ganzen Horaz ausdehnen möchte, äussert sich bezüglich der Satiren und Episteln zurückhaltender, Epileg. 788.

3) So stimmen LF zusammen gegen B Sat. I 1, 2. 55. 88. 113. 118; 2, 6. 38. 110; 3, 128; gegen A Epist. I 1, 48. 72. 95. 101; 2, 8. 33. 38. 48. 59 etc.

4) Vergleiche den kritischen Apparat zu C. I 12, 15. II 7, 5. II 7, 7. II 17, 25. III 5, 51. III 14, 6. III 18, 12. III 24, 4. III 27, 48. III 29, 34. IV 1, 11. IV 6, 10. 17. IV 9, 31. 52. Epod. 1, 29. 2, 18. 5, 15. 7, 15. 17, 11. 18. 64. Diesen Stellen stehen freilich auch

einstimmung ist doch keine so vollständige, dass ich für jene Ansicht mit Zuvertrauen einstehen möchte. Es ist mindestens ebensogut möglich, dass ABL zwar in letzter Linie auf die gleiche Quelle zurückgehen, dass aber von den Archetypi jener drei Handschriften nur der von L die Durchsicht und Unterschrift des Mavortius erfahren hat. Sicher steht also nur, dass in den Carmina und Epoden einzelne Vertreter der Klasse 3 auf die rec. Mavortiana zurückgehen.

Die Teilung der Gedichte.

Im Altertum und teilweise auch noch im Mittelalter, wo man mit dem teueren Material sparen musste, erlaubte man sich nicht den Luxus, die einzelnen Gedichte eines Buches durch Ueberschriften oder grössere Zwischenräume von einander zu trennen; man begnügte sich in der Regel damit, den Anfang des neuen Gedichtes etwas einzurücken oder mit einem grösseren Buchstaben in Kapitularschrift auszuzeichnen. Diese wenig markanten Anzeichen des Anfangs eines neuen Gedichtes konnten begreiflich leicht übersehen werden, in Folge dessen dann zwei Gedichte in eines zusammenflossen. Auch das Umgekehrte kam vor, dass ein Gedicht oder eine Rede in zwei auseinander fiel. Das geschah in Folge davon, dass in den Handschriften am Rande der Inhalt des nachfolgenden Abschnittes angegeben war, so dass die Abschreiber, da das Gleiche am Anfang eines Gedichtes oder einer Rede angemerkt zu werden pflegte, auf die Meinung kamen, dass auch hier ein neues Gedicht beginne. So war z. B. in Demosthenes die Beischrift ΠΟΡΟΥ ΔΙΟΔΕΙΞΙΣ zu § 30 der ersten Philippischen Rede schuld, dass diese Rede schon im Altertum in 2 Reden auseinander genommen wurde.[1]

---

wieder einige andere gegenüber, wo AB von L abweichen, wie I 2, 18. I. 12, 2. I 28, 15. II 13, 23. Epod. 5, 65. 16, 33.

[1] Vergleiche meine Abhandlung, Die Attikusausgabe des Demosthenes, in Abhdl. d. bayr. Ak. Bd. XVI S. 178 (21).

Auf den zwei angedeuteten Wegen sind nun auch in unsere Handschriften des Horaz, ja schon in die der alten Kommentatoren unseres Dichters[1]) mehrere falsche Teilungen von Gedichten gekommen. Es wird sachthunlich sein, dieselben zunächst einfach mit Angabe der Zeugen zusammen zu stellen.

C. I 7, 15 ein neues Gedicht beginnen A F L O b t γ, nicht Diom.[2]) C R m (B fehlt, von V nichts notiert); Porph.: *hanc oden quidam putant aliam esse, sed eadem est*. Dass die Ansicht des Porphyrion richtig ist, habe ich auch aus einem metrischen Anzeichen erwiesen, Verskunst des Horaz S. 36 An. 12; siehe oben S. 59.

C. I 22 fehlt in Diom., wahrscheinlich, wie auch Keil annimmt, in Folge der Nachlässigkeit der Abschreiber, da die 22. Ode ein anderes Metrum hat als die vorausgehende.

C. I 25 fehlt in Diom., wahrscheinlich gleichfalls in Folge der Nachlässigkeit der Abschreiber.

C. I 35 fehlt in Diom. Serv. Vict. wohl in Folge davon, dass sie Od. 34 und 35 wegen des gleichen Metrums in ihren Exemplaren verbunden fanden.

C. II 15 verbinden mit der vorausgehenden, in gleichem Metrum geschriebenen Ode Diom. Serv. Vict. u. V A B C R a t, trennen Porph. u. F L D b m s γ π, nichts notiert von O.

---

1) Unter den Kommentatoren begreife ich auch die metrischen mit ein, also Diomedes, Servius, Victorinus. Der beste Metriker, Atilius Fortunatianus, bietet keine Ausbeute. Terentianus Maurus hat nur wenige bestimmte Angaben vv. 2681. 2690. 2715. 2818. Dazu bemerke ich vorübergehend, dass bei Terentianus 2818 *sunt haec talia Flacci vatis carmina quinque*, nämlich trophae Asclepiadeae tertiae, entweder statt *quinque* zu lesen ist *septem*, oder ein Irrtum des Metrikers angenommen werden muss.

2) Dass Diomedes keine zwei Oden annahm, ersieht man bestimmt daraus, dass er *Laudabunt alii* als septima ode, *Lydia dis per omnes* als octava ode anführt.

C. III 1—6 vereinigen Diom. Serv. Vict. Porph.;[1])
C. III 2 u. 3 vereinigen V A C²) R a, trennen F L D O b m t s γ π (B fehlt, wird aber vermutlich auch hier zu C gestimmt haben).

C. III 8 übergeht Diom.

C. III 24, 25, hierzu Porph.: *non recte a superiore ode haec separata sunt, cum inde pendeant et illis adnexa sint.* Von einer Trennung findet sich keine Spur in den Handschriften.

C. IV 11, 21, hier scheint Porphyrion, wie Meyer mit Recht bemerkt, eine neue Ode begonnen zu haben; denn seine Worte *ad mulierem loquitur, cuius nomen non ostendit* wären sinnlos, wenn er den zweiten Teil des Gedichtes mit dem ersten, in dem das Mädchen beim Namen (v. 3 *Phylli*) genannt ist, verbunden hätte. In den Handschriften findet sich keine Trennung.

C. IV 15, dazu Porph.: *quidam separant hanc oden a superiore, sed potest illi iungi.* In A fehlt ein Zwischenraum zwischen 14 und 15, ist aber der erste Buchstabe von IV 15 gross geschrieben und am Rande die Ueberschrift gesetzt: *ad Augustum tetracolos.* Cruquius bemerkt unbestimmt: *haec ode invenitur in codic. manuscript. adhaerere praecedenti indivisa.* Aus den anderen Handschriften wird nichts von einer Vereinigung gemeldet.

Epod. 2, 23 ein neues Gedicht beginnen A L C O a g o γ Blandinii duo, nicht Porph. B F R b m π.[3])

Epod. 9, 27 ein neues Gedicht beginnt A.[4])

---

[1]) Auf die 6 Oden zusammen geht der Satz des Porphyrion im Eingang zu C. III 1: *haec autem ode multiplex per varios deducta est sensus.*

[2]) Von zweiter Hand erst ist in C eine Ueberschrift beigefügt.

[3]) Hier stimmt C auffälliger Weise nicht zu B, den Keller Stammvater von C sein lässt.

[4]) Ausserdem von jüngeren Hdschr. γ nach Vanderbourg, β μ h n nach Keller.

Epod. 17, 53, grossen Anfangsbuchstaben und Ueberschrift haben BLOioty und Cruquiana, nicht Fm (A fehlt) Es handelt sich hier nur um ein Missverständnis, da die Ueberschrift *negat Canidium sibi reconciliari* die Abschreiber nicht bewegen durfte ein neues Gedicht zu beginnen.

Serm. I 2 vereinen mit der vorausgehenden Satire BFLED man. pr. ROg man. pr. dπ, nicht aimoγ (AC fehlen, über V ist nichts notiert).[1])

Serm. I 2, 86 eine neue Satire beginnen FLDOgπ, nicht BEaimoγ (es fehlen AC, von VR nichts notiert).[2])

Serm. I 3, 96 eine neue Satire beginnen Oi und Bruxell. 9777, Lips.

Serm. I 8, 8 mit grossem Anfangsbuchstaben beginnt g.

Serm. I 9, 59 mit grossem Anfangsbuchstaben beginnt g.

Wichtiger wie diese durch Verwechselung von Abschnitt und Gedicht entstandenen neuen Anfänge in vereinzelten Handschriften ist, dass das 1. Buch 11 statt 10 Eclogen durch Ueberschrift zählt in FLDOiu, indem mit I 2, 86 eine neue Satire begonnen wird und demnach S. I 3 die Ueberschrift *ecloga quarta* führt. Auch der Bland. V hatte nach Cruquius ausdrücklichem Zeugnis zu Sat. I 1 die Ueberschriften *ecloga prima secunda* etc., aber dass er 11 statt 10 Eclogen zählte, darüber ist wenigstens bei Cruquius nichts überliefert.

Serm. II 2, 53 eine neue Satire beginnen Porph.[3]) DOφ ex corr., gim, nicht ψLEo (es fehlen ABCR).[4])

---

1) Wenn hier in FL keine neue Satire beginnt, so ist dieses nur ein Uebersehen des Schreibers, da in diesen Handschriften die 3. Satire als ecloga quarta zählt.

2) Eine grosse Anzahl schlechterer Handschriften, welche die gleiche Scheidung haben, verzeichnet hier und im Folgenden Kirchner in seiner Ausgabe der Satiren.

3) Porph. zu S. II 2, 53: *in sordidos incipit haec ecloga*.

4) Mon. 14198 (o) hat ebenso wie O in V. 53 einen grösseren Anfangsbuchstaben, aber keinen Zwischenraum.

S. II 3, 168 eine neue Satire beginnen L m.

S. II 3, 294 mit grossem Anfangsbuchstaben beginnt g.

S. II 7 verbinden mit vorausgehender Satire F und Blandinii. Auch in dem 2. Buch werden in F L D *i* Bruxell. 9777 Sorbon. 1578 einzelne Satiren als *ecloga prima secunda* etc. gezählt, doch ermüdeten nach und nach die Schreiber und liessen diese Ueberschriften weg. Bemerkenswert ist dabei, dass F L die Sat. II 3 als *ecloga* III aufführen, hingegen D O i als *ecloga* IV.

Epist. I 7, 45 eine neue Epistel beginnen F L, nicht A E O g f m γ (von V R nichts notiert); Porph. bemerkt: *fabellam de Vulteio Muena praecone facetissime et dilucide exponit vel per se vel prioribus adnexam.*

Epist. I 15, 26 eine neue Epistel beginnen F E O m, nicht A L f γ.

Ep. II 2 von vorausgehender Epistel nicht getrennt in E.

Epist. II 2, 109 eine neue Epistel beginnen g und Vindob. 359 s. XII.

Vorstehende Zusammenstellungen, die ich leider nicht so vollständig, wie ich selber wünschte, geben konnte, gewähren immerhin einen wichtigen Einblick in die Geschichte der handschriftlichen Ueberlieferung und das Verhältnis der Handschriften zu einander. Im allgemeinen lässt sich beobachten, dass das Bestreben, die Gedichte von einander zu sondern, im Laufe der Zeit fortgeschritten ist und teilweise schon im Altertum, in steigendem Grade aber im 12. Jhrh. zu mehreren falschen Scheidungen geführt hat.[1] Im einzelnen geben die verzeichneten Thatsachen über die Gruppen

---

[1] Repräsentiert werden die letzteren besonders durch g; sie waren wohl meistens dadurch herbeigeführt, dass ein älterer Schreiber an der betreffenden Stelle durch eine Randbemerkung den Anfang eines neuen Abschnitts bezeichnete, und dass dann ein späterer ebenso wie in dem Anfang eines neuen Gedichtes einen grossen Anfangsbuchstaben setzte.

der Handschriften und das Verhältnis der Handschriften zu den Grammatikern folgende Aufschlüsse:

1. Die Archetypi unserer Hdschr. dürfen, wie man namentlich aus C. III 1—6 u. C. I 35 ersieht, nicht über Porphyrion und Servius oder über das 5. Jhrh. zurückdatiert werden.

2. Alle älteren Handschriften stimmen in der falschen Verbindung von S. I 1 u. 2 mit einander überein, so dass die richtige Scheidung erst durch Conjectur gefunden zu sein scheint; diese Conjectur muss aber dann, wenn anders das Alter der betreffenden Hdschr. richtig notiert ist, schon im 10. Jhrh. gemacht worden sein. Ebenso ist auf der anderen Seite erst durch Conjectur auf Grund des Kommentars des Porphyrion S. II 2, 53 eine falsche Scheidung in DOgim eingeführt worden.

3. An den Hauptstellen C. II 15 u. III 3 scheiden sich in den Oden die Gruppen VABCR auf der einen und FLDO auf der anderen Seite, in den Sermonen S. I 2, 86 BE und FLDO. Gegenüber diesen wichtigen Stellen kann es nicht stark ins Gewicht fallen, wenn A in C. I 7, 15, Epod. 9, 27, A und L in Epod. 2, 23, B und L in Epod. 17, 53 sich von ihren Genossen trennen. Namentlich in den Stellen der Epoden können missverstandene Seitenscholien zu der partiellen Trennung Anlass gegeben haben. Zu bedauern ist, dass Cruquius über den Bland. V zu S. I 2, 86 schweigt und zu C. IV 15 eine nicht erschöpfende Bemerkung macht.

Die Ueberschriften der Gedichte.

Mit der Teilung der Gedichte hängen, wie wir zum Teil schon oben gesehen haben, die Ueberschriften, die in einzelnen Handschriften teils in der Zwischenzeile teils am Rande, vielfach erst von späterer Hand und mit anderer Tinte zugefügt sind, aufs engste zusammen. Dieselben sind in 4 Bestandteile zu zerlegen, wobei ich jedoch gleich von vornherein bemerke, dass sich dieselben keineswegs immer alle zusammenfinden, wie denn manche Handschriften gar keine Ueberschriften haben und viele anfangs ausführlichere, später kürzere. Der erste Bestandteil besteht in kurzer Angabe der Person, an die das Gedicht oder der Brief gerichtet ist. Diese Angaben finden sich begreiflich nur bei einer kleineren Zahl von Gedichten, da die meisten nicht an eine bestimmte Person gerichtet sind; sie gehen aber, wie Kiessling, De Horatianorum carminum inscriptionibus, Ind. lect. aest. Gryph. 1876, erwiesen hat, zum Teil in sehr alte Zeit zurück, als man über die Personen, welche der Dichter anredet, noch besser unterrichtet war, als es unsere Scholiasten, Porphyrion nicht ausgenommen, sind.[1]) Manche derselben mögen schon in der nächsten Zeit nach des Dichters Tod in den Ausgaben seiner Werke einzelnen Gedichten beigesetzt worden sein. Aber zu den alten Titeln gesellten sich später, als man nach gleicher Schablone wo möglich allen Gedichten eine solche Adresse vorzusetzen sich bemühte, auch recht verkehrte, wie wenn man aus dem Anfangsverse *Angustam amice pauperiem pati* zu C. III 2 den Titel AD AMICOS fabricierte, der sich schon in unseren ältesten Handschriften A B F L O findet.[2])

Der zweite Bestandteil der Aufschriften enthält Angaben über das Metrum. Dieselben sind aller Wahrscheinlichkeit

---

1) So weist z. B. auch der Titel AD DIVVM AVGVSTVM in A B L zu C. I 2 auf die nächste Zeit nach Augustus hin; später hielt man es nicht mehr für nötig, das DIVVS hinzuzufügen. Wichtig aber ist besonders, wie Kiessling nachweist, der Titel zu C. I 4. 21, II 9. 10, IV 1. 2. 8, CS., Epod. 4, Epist. I 15. AP.

2) Bentley hat deshalb aus ganz schlechten Hdschr. *amici* statt *amice* in den Text zu setzen gewagt, was ihm heutzutage niemand mehr nachthun wird.

nach aus dem Traktat des Servius, De metris Horatianis entnommen, weshalb derselbe sich auch in alten Handschriften den Gedichten des Horaz angefügt findet; siehe oben S. 79. Ist diese Annahme richtig, so lässt sich daraus ein zweiter Beweis dafür gewinnen, dass die Archetypi unserer Handschriften in die Zeit nach Servius zu setzen sind; denn bereits in den ältesten und besten finden sich derartige aus Servius genommene metrische Aufschriften.

Der dritte Bestandteil bezieht sich auf die Dichtgattung, zu der das einzelne Gedicht gehört und ist eingehend besprochen von Ed. Zarncke, De vocabulis graecanicis quae traduntur in inscriptionibus carminum Horatianorum, = Diss. philol. Argentorat. vol. III 1880, und in einem Epimetrum dazu: Weiteres über die sogenannten Vocabula Graecanica in den Ueberschriften der Horazischen Gedichte, Jahrb. f. cl. Phil. 1881 S. 785—801.[1]) Diese ästhetischen Titel finden sich am vollständigsten in A B F L O γ, zerstreute Reste davon in C t e i π; dieselben fanden sich auch in den Blandinii, nur dass uns hier Cruquius keine genauen Angaben hinterlassen hat.[2]) Dass diesen Titeln gleichfalls ein Traktat über die εἴδη ποιήσεως zugrunde liegt, geht daraus hervor, dass die Ueberschriften zu den einzelnen Liedern öfters von einander abweichen, indem der eine Erklärer diese, der andere jene Art in dem Gedichte vertreten glaubte, noch bestimmter daraus, dass einigemal jener Zweifel der Erklärer Ausdruck in der Ueberschrift selbst gefunden hat, so wenn bemerkt ist zu C. II 2 *paraenetice immo symbuleutice* γ,

---

1) Zarncke hat wesentlich nur den Keller'schen Apparat benützt. Es finden sich aber auch noch Reste jener ästhetischen Ueberschriften in anderen Handschriften, so in den Münchenern C i o. Hinzugefügt konnte zu den Dichtungsarten noch werden ὁδοιπορικός, was sich zu S. I 5 angegeben findet.

2) Nähere Angaben vermissen wir über D R; E, das bloss die Satiren und Episteln enthält, bleibt ausser Betracht.

zu C. II 7 *pragmatice vel prosphonetice* γ, zu C. II 18 *paraenetice vel hypothetice* F, zu C. IV 4 *prosphonetice encomiastice* A.[1]) Von dem Traktat, der zugrunde lag, haben wir oben S. 79 f. aus Mon. 375 einen dürftigen Auszug mitgeteilt. Cruquius p. 653 gibt eine vollständigere Fassung, aber es lässt sich leider nicht ermitteln, inwieweit derselbe hierbei seinen Handschriften folgte oder von sich aus weiteres hinzuthat. Es wäre sehr zu wünschen, dass diejenigen, welche an dem Quelle reicherer Bibliotheken sitzen, nachsehen möchten, ob sich nicht noch in alten Handschriften ausführlichere Fassungen des Traktates nachweisen lassen.

Den Spuren der Lehre selbst ist Zarncke sorgfältig nachgegangen; es finden sich Anzeichen derselben bei Porphyrion zu C. I. 27, Diomedes p. 522, 7 ed. Keil, den Paröniographen Zenobios I 15, II 84 und Ps. Diogenianos I 99, IV 71, VII 77, Proclus chrest. p. 250 W., Schol. Pind. N. X. inscr., Isth. II inscr., besonders aber bei dem Rhetor Menander περὶ ἐπιδεικτικῶν in Spengels Rhet. gr. III 331 bis 446. Wahrscheinlich aber geht diese Theorie noch weiter zurück und ist dieselbe schon von dem Grammatiker Didymus ausgebildet worden. Denn nicht bloss Statius hat schon solche Ueberschriften, sondern es dichtete auch schon Cinna ein propempticon, und werden von Parthenios ἐπικήδεια und ein ὕμνος προπεμπτικός angeführt. Aber die Spuren dieser Theorie zu verfolgen gehört nicht zu unserer gegenwärtigen Aufgabe; der Traktat, aus dem die Horazerklärer jene Ueberschriften nahmen, gehörte sicher dem späten Altertum an, war schwerlich älter als der Traktat des Servius über die Metra Horatiana. Wichtig aber ist für unser Thema die Beob-

---

1) Es gab auch noch anders geartete Titel der ästhetischen Theorie, gegründet auf das unten S. 114 aus Mon. 375 mitgeteilte poetische Scholion, nämlich C. I 10 *hymnus* F L γ, vgl. zu C. I 12. 20, III 22. 25; C. I 24 *threnus* F L; C. IV 5 *paeanis species* A B L; C I 16 *palinodia* F L γ.

achtung, dass durch jene Ueberschriften sich die Codd. AB von F L O γ scheiden, was Zarncke durch die Zusammenstellung auf S. 8—13 jedem unschaulich gemacht hat. Auch erhellt aus jener Zusammenstellung, dass nicht L O γ aus F abgeschrieben sein können, sondern höchstens nur γ auf L und O auf F zurückgeht. Besonders interessant ist eine andere schon von Kiessling und Zarncke gemachte Beobachtung, dass AB bis zu C. III 27 und im CS. so gut wie keine ästhetische Ueberschriften haben und erst von C. III 27 an dieselben in der gleichen Vollständigkeit wie L, der Vertreter der recensio Mavortiana, bieten. Das ist offenbar mit Zarncke so zu erklären, dass die Vorlage von AB unvollständig war und mit C. III 26 abbrach, wesshalb der Schreiber den Rest der Carmina, vielleicht auch die Epoden,[1]) aus dem Archetypus von L ergänzte. Das aber leuchtet im allgemeinen ein, dass jene ästhetischen Ueberschriften schon im Altertum dem Horaztexte beigefügt wurden. Im Mittelalter konnte es niemand mehr einfallen, diese missverstandenen und kaum verständlichen griechischen Kunstausdrücke dem überlieferten Texte hinzuzufügen.

Der vierte Bestandteil der Ueberschriften ist inhaltiger Natur und hängt mit den beigeschriebenen Scholien zusammen. Auch hier weisen die Handschriften Unterschiede auf, ja grössere als in den drei übrigen Bestandteilen; aber über sie wird erst mit Aussicht auf Erfolg gehandelt werden können, wenn uns eine vollständige, nach den handschriftlichen Quellen gesonderte Scholienausgabe vorliegt. Sie ist uns versprochen von Keller und Holder; mögen die regsamen Herausgeber ihren Verdiensten um Horaz recht bald auch noch dieses hinzufügen!

---

1) Ich lasse das letztere zweifelhaft, weil die subscr. Mavortiana in B fehlt und wahrscheinlich auch in A gefehlt hat.

Varianten.

Das wichtigste für uns sind in einem kritischen Apparat natürlich die Varianten, namentlich wenn sie dazu beitragen, uns den Autor in reinerer und, wenn es so sein soll, auch schönerer Form zurückzugeben. Aber für die Klassifikation der Handschriften sind in der Regel äussere Umstände von entscheidenderer Wichtigkeit. Und so bin ich denn auch hier bei Horaz von solch äusseren Verhältnissen, Reihenfolge, Unterschrift, Abteilungen, Ueberschriften, ausgegangen. Aber natürlich die Varianten sollen auch zu Worte kommen. Nur eignen sich die meisten von ihnen wenig zur Bestimmung der Hauptklassen der Handschriften und oft nicht einmal für Herleitung einer Handschrift von der andern. Die meisten der Varianten sind eben, auch wenn wir von den orthographischen Abweichungen ganz absehen, einfache Schreibfehler, die von den späteren Abschreibern, ohne Heranziehung anderer Handschriften, ex ingenio gebessert werden konnten. Verschreibungen also, wie *agebat* für *aiebat* S. I 9, 12. Ep. I 6, 42, Ep. I 17, 28, Ep. I 19, 20, AP. 439, *iocis* für *locis* Ep. I 17, 28, AP. 319, *atque* für *atqui* Ep. I 2, 33, I 7, 2, *habebas* für *avebas* S. I 1, 94, *pueris* für *puris* S. I 4, 54, *optat* für *aptat* Ep. I 1, 69, *gratis* für *gratos* Ep. I 7, 21, AP. 374, *comitabere* für *comissabere* C. IV 1, 11, *sociis* für *Sosiis* AP. 345, oder die metrisch unmögliche Stellung *extulit agris* für *agris extulit* Epod. 2, 18 oder *ad lucrum iubet* für *iubet ad lucrum* AP. 420, werden uns nicht viel aufhalten dürfen.

Wichtiger sind uns schon Varianten der Form, wie *Arabes* für *Arabas* Ep. I 6, 6, *glomus* für *glomos* Ep. I 13, 14, *natis* für *gnatis* S. I 1, 83, *quo* für *qui* S. I 3, 128, *rapidos* für *rabidos* AP. 393, *acute* für *acutum* S. I 3, 26, *palustri* (d. i. *palustris*) für *palustres* Ep. I 5, 4, *acervo* (d. i. *acervos*) für *acervus* S. I 1, 44, *Varus* für *Varius* S. I 5, 40. 93, *primum* für *primus* Ep. I 6, 48, *verbo verbum* für *verbum verbo* AP. 133, *dederim quibus esse poetas* für *dederim quibus esse poetis* S. I 4, 39, *moechos non vultis* für *moechis non vultis* S. I 2. 38, *da iustum sanctumque videri* für *da iusto sanctoque videri* Ep. I 16, 61, *vitae cedat* für *vita cedat* S. I 1, 118. Aber auch diese Varianten werden keine grosse Rolle in der Aufstellung eines Stammes der Handschriften zu spielen berufen sein, zumal in einigen Fällen man geradezu schwanken kann, welche Form den Vorzug verdient.

Von grösserer Bedeutung scheinen beim ersten Anblick solche Varianten zu sein, die nicht bloss in der Form, sondern auch in dem Gedanken einen Unterschied ergeben, wie wenn nebeneinander stehen in den besten Handschriften:

C. I 15, 20 *crines* VALD : *cultus* FR (B deest).
C. I 28, 15 *nox* BFL : *mors* ADR (V inc.).
C. II 7, 7 *coronatus* ABLRC : *comptus* F (V inc.).
C. II 13, 23 *discriptas* (descr. DR) ABCDR Bland. duo : *discretas* FL.
C. III 2, 22 *iter* FR : *ire* ACDL (B deest, V inc.).
C. III 3, 34 *ducere* AL : *discere* CFR (B deest, V inc.).
C. III 5, 51 *propinquos* ABLR : *amicos* F (V inc.).
C. III 14, 6 *divis* CFR : *sacris* ABL (V inc.).
C. III 15, 2 *fige* VABFL : *pone* CR.
C. III 27, 48 *monstri* ABL : *tauri* FR (V inc.).
C. III 29, 34 *alveo* ABLR : *aequore* F (V inc.).
C. IV 6, 10 *impulsa* FR : *impressa* ABL (V inc.).
C. IV 9, 31 *sileri* FR : *silebo* ABL (V inc.).
C. IV 14, 5 *sol* FR : *lux* AL (B deest, V inc.).
CS. 65 *aras* VR : *arces* ABFL.
Epod. 2, 18 *agris* ABFL : *arvis* R (V inc.).
Epod. 5, 65 *inbutum* FLR : *infectum* AB (V inc.).
Epod. 16, 33 *ravos* VAB : *flavos* FR, *sevos* L.
Epod. 17, 11 *unxere* VFR : *luxere* ABL.
Epod. 17, 64 *doloribus* FR : *laboribus* ABL (V inc.).

Epod. 17, 81 *agentis* ABFL : *habentis* R (V inc.).
S. I 1, 2 *fors* VFLDR : *sors* B[1]) (A deest).
S. I 1, 108 *qui nemo* V : *nemone* BER *ne non* FLD (A deest).
S. I 2, 110 *tolli* VB : *pelli* FLRDE (A deest).
S. I 3, 60 *versemur* V : *versetur* cett. omnes (A deest).
S. I 4, 25 *elige* DEg : *erue* FLR Bland. unus, *eripe* Bland. tres (A deest).
S. I 4, 49 *insanus* VEDg : *insanit* FLR (AB desunt).
S. I 5, 1 *accepit* VE : *excepit* FLDR (AB desunt).
S. I 6, 13 *fugit* VFLDR : *fuit* E (AB desunt).
S. I 7, 17 *pigrior* Vg : *pulchrior* FLDER (AB desunt).
S. II 3, 97 *sapiensne* F : *sapiensque* ED, *sapiens* Lg (ABR desunt, V. inc.).
S. II 6, 70 *uvescit* VF : *humescit* LEg (ABDR desunt).
S. II 7, 19 *levius* EOg, ac prior FL : *est melius* FL, *acrior* Eg et O in ras. (ABDR desunt, V inc.).
Ep. I 1, 48 *discere* AEg : *dicere* FLR (B deest, V inc.).
Ep. I 2, 4 *planius* AEg : *plenius* VFLR (B deest).
Ep. I 2, 31 *curam* AFLR : *somnum* VE^{1}g^1 (B deest).
Ep. I 3, 4 *turris* g, *turres* AFLE : *terras* V, *terris* R, *terres* O (B deest).
Ep. I 6, 68 *nil* AEg : *non* FLR (B deest, V inc.).
Ep. I 7, 93 *ponere* VAEg : *discere* FLR (B deest).
Ep. I 8, 12 *ventosus* AER^{1}g und v. l. in FL : *venturus* VFL (B deest).
Ep. I 10, 9 *fertis* AFLEROg : *effertis* V si recte notavit Cruquius (B deest).
Ep. I 10, 18 *divellat* VFLER : *depellat* Ag (B deest).
Ep. I 11, 24 *ut* AEg : *tu* VFLR (B deest).
Ep. I 14, 11 *sors* ARFL : *res* Eg (B deest, V inc.).

---

1) Ebenso steht B allein mit *cantat* S. I 1, 12, *amisso* S. I 1, 27, *optet* S. I 1, 113, *vita* (allein richtig) S. I 1, 118, *propellere* S. I 2, 6, *tecta* S. I 2, 33, *fugimus* S. I 2, 56.

Ep. I 14, 40 *diaria* AEFL : *cibaria* Rg (B deest, V inc.).
Ep. I 15, 32 *donabat* AEg : *donarat* VFLR (B deest).
Ep. I 15, 37 *correctus* AV : *correptus* FLERg, *correptos* R (B deest).
Ep. I 16, 5 *si* E, *sci* Ag : *ni* FLR (B deest, V inc.).
Ep. II 1, 28 *Graiorum* VEg : *Graecorum* FLR (AB desunt).
Ep. II 1, 186 *gaudet* VEg : *plaudet* FLR (AB desunt).
Ep. II 1, 167 *inscite* FLR : *in scriptis* VEg (AB desunt, V inc.).
Ep. II 2, 8 *imitaberis* VEg : *imitabimur* FR, *imitabitur* L (AB desunt).
Ep. II 2, 32 *opimis* g : *honestis* cett.
Ep. II 2, 212 *levat* Bland. tres : *iuvat* cett. (AB desunt).
AP. 92 *decentem* VB : *decenter* FLR, *ducem* C (A deest).
AP. 190 *spectata* L[1]) : *spectanda* FCR, *exspectanda* B (A deest, V inc.)
AP. 203 *pauco* B : *parvo* FLR (A deest, V inc.).
AP. 249 *fricti* VFLR : *fracti* B, *stricti* C (A deest).
AP. 277 *ora* FLR : *atris* B (A deest, V inc.).
AP. 294 *praesectum* VB : *perfectum* FLR (A deest).
AP. 358 *terque* CFLR : *terve* B (A deest, V inc.).
AP. 378 *vergit* FLR : *pergit* B (A deest, V inc.).
AP. 394 *urbis* VBFL : *arcis* R (A deest).

Die vorstehenden Varianten sind allerdings wohl geeignet, uns ein Bild von dem Verhältnis unserer Handschriften zu einander zu geben; aber damit man ihnen nicht zu viel Bedeutung beimesse, muss man im Auge behalten, dass es recht wohl möglich ist, dass die Vorlage der einzelnen Handschriften, ähnlich wie wir dieses jetzt noch in mehreren Horazhandschriften beobachten, Glossen und Varianten über der Zeile angemerkt hatte; dann konnte

---

1) *spectata* scheint auch O zu haben, wenigstens hat Wickham *spectata* im Text und bemerkt dazu keine Variante aus O.

aber leicht unter zwei Abschreibern der eine die Textvariante, der andere die Interlinearvariante wählen. Daraus erklärt es sich, dass öfters zusammengehörige Handschriften, wie A und B, B und C, F und L verschiedene Lesarten aufweisen. Von grösserer Bedeutung für unsere Frage sind daher die Stellen, an denen in der einen Handschrift etwas fehlt oder etwas gröblich bis zur Undeutlichkeit verschrieben ist oder eine ganz andere Lesart steht. Wir verzeichnen zunächst die Lücken:

AP. 283 *dignam lege regi, lex est accepta chorusque* om. B.
C. II 17, 25 *alas* om. F δ π.
C. IV 6, 17 *captis* om. F δ π.
S. I 9, 49 *est* om. R.
Ep. I 6, 26 *et* om. A E R g.
Ep. I 6, 34 *et* om. A.
Ep. I 7, 73 *hic* om F, *est* om. L.
Ep. I 16, 59 *clare* pro *clare clare* A F L R O.
Ep. I 19, 47 *iste* om. A *ille* F L R.
Ep. II 2, 18 *est* om. g, addunt post *dicta* E R, post *lex* F L.
Ep. II 2, 199 *absit* om. R, *domus absit* om. F L δ π.[1])

Von schweren Corruptelen, welche nicht wohl ohne Heranziehung anderer Handschriften geheilt werden konnten, hebe ich hervor:

C. I 2, 18 *ultorem*] *velorum* F L d π.
C. I 7, 22 *tamen*] *ter* F d π.
C. I 9, 6 *large reponens*] *largiri potis* F L d π.

---

1) Nach *pauperies immunda procul* war offenbar im Archetypus von R L F δ π eine Lücke, konnte aber der Schreiber von R noch etwas mehr lesen, als der des Archetypus von L F δ π. Keine Lücke hat E D O g, über V und die übrigen Blandinii bemerkt Cruquius nichts. Aus der Auslassung von *est* Ep. II 2, 18 folgt dann weiter, dass F L E R einen gemeinsamen Archetypus hatten, in welchem *est* fehlte, welches dann, vermutlich aus einer Randglosse, in dem Archetypus von F L an anderer Stelle als in dem von E R zugefügt wurde.

C. I 12, 2 *Clio*] *caelo* aut *celo* F L R d.
CS. 23 *totiens* R a γ : *potiens* F d π, *totidem* A B L O.
Epod. 1, 29 *candens*] *cadens* C L, *tangens* F R d.
S. I 5, 3 *longe*] *linguae* F L und v. l. D, *lingue* O.
Ep. I 17, 19 *rectius*] *regibus* F L.
AP. 76 *inclusa est*] *iunctis* F L, *iunctus* R.
AP. 305 *exsors ipsa*] *exortita* B C R.

Als Hauptvarianten müssen gelten:

S. I 6, 75 *octonos* (*octenis* g) *referentes Idibus aeris* (*aeri* g), E D¹ R g : *octonis referentes Idibus aera* F L O und var. lect. in D (A B desunt, V inc.).

S. I 6, 126 *campum lusumque* (*lusitque* g) *trigonem* V g : *rabiosi* (*rapiosi* R¹, *rubidosi* D) *tempora* (*tempore* D L) *signi* F L R E D O et omnes reliqui, in V supra lineam (A B desunt).

S. I 10, 1—8 habent F L v, om. V E D R O g rell. Die Verse, welche sicher nicht von Horaz stammen, aber ebenso sicher nicht erst im Mittelalter, woran man nie hätte denken sollen, sondern schon im Altertum, wahrscheinlich zur Zeit des Fronto und der litterarischen Antiquare hinzugedichtet wurden, müssen uns einem alten Horazexemplar in den Archetypus von F L gekommen sein.

Aus den aufgeführten Thatsachen wird sich leicht jeder zusammenlesen können, dass wir für Feststellung des Horaztextes unbedingt der Codd. V A B F (L)[1] bedürfen. In Zweifel kann man nur sein, wie weit man noch über diese hinaus

---

[1] L möchte ich als Vertreter der rec. Mavortiana nicht missen; thatsächlich aber bezeugt L allein das Richtige nur S. I 1, 61, wo in allen anderen Hdschr. das falsche *ut* steht (aus O ist wohl durch ein Uebersehen nichts bemerkt), L als var. lect. das richtige *at* bietet, und AP. 190, wo das richtige *spectata* statt *spectanda* nur aus L und δ' π' u angemerkt ist (auch hier merkt über O Wickham nichts an); aber vielleicht ist an beiden Stellen die richtige Lesart durch Conjectur gefunden.

gehen und andere Codices entweder überhaupt oder doch in denjenigen Partien, wo AB fehlen, heranziehen müsse. Daher folgen zur Beleuchtung dieses Punktes noch folgende entscheidende Stellen:

S. I 1, 59 *tantuli eget* EDR und O m. pr. : *tantulo eget* FL, *tanto leget* B (A deest, V inc.).

S. I 2, 78 *matronas sectarier* (*secrarier* E) ER², *matronas sictari* R¹ : *sectari matronas* BFLDOg (A deest, V inc.); die letztere Lesart lassen Sinn und Metrum zu, aber sie scheint doch nur eine Interpolation zu sein.

S. I 4, 26 *misera ambitione* DEOg : *miser ambitione* FLR (AB desunt, V inc.).

S. I 4, 30 *tepet* DEOg : *patet* FLR (AB desunt, V inc.).

S. I 4, 79 *inquit* D, *inquid* E : *inquis* FLROg (AB desunt, V inc.).

S. I 4, 103 *aliud* DE : *aliquid* FLR¹Og (AB desunt, V inc.).

S. I 4, 111 *a turpi* D : *aut turpi* FLEROg (AB desunt, V inc.).

S. I 4, 126 *avidos* DERCOg : *vides* FL (AB desunt, V inc.).

S. I 4, 139 *inludo* (*illudo* D) DERCg : *incumbo* FL, *incubo* O (AB desunt, V inc.).

S. I 5, 51 *caudi* Dg : *claudi* CER, *claudii* FL (AB desunt, V inc., von O nichts bemerkt).

Ep. I 5, 17 *inertem* ER, *inhertem* O : *inermem* AFLg (B deest, V inc.).

Ep. I 6, 24 *proferet* E : *proferat* AFLR, *profert* g¹ (BD desunt, V inc., von O nichts bemerkt).

Ep. I 6, 50 *laevum* E : *saevum* (*sevum* Og) AFLROg (BD desunt, V inc.).

Ep. I 10. 25 *fastidia* Eg : *fastigia* AFLRO (BD desunt, V inc.).

Ep. I 17, 8 *ledit* E : *laedet* (*ledet* LOg) AFLROg (BD desunt, V inc.).

Ep. II 1, 16 *numen* ER : *nomen* FLOg (ABD desunt, V inc.).

Ep. II 1, 226 *eo rem venturam* EOg : *forem venturam* R e supra *f* scripto, *item fore venturum* FL (ABD desunt, V inc.).

Ep. II 2, 11 *extrudere* EOg : *excludere* VFLR (ABD desunt).

Ep. II 2, 63 *renuis tu quod* EOg : *renuis quod tu* FLR (AB desunt, V inc.).

Ep. II 2, 80 *contracta* E : *contacta* FLRg (AB desunt, V inc., von O nichts bemerkt, *non tacta* coni. Bentley).

Ep. II 2, 123 *carentia* (*carencia* g) Dg et E alt. man. : *calentia* FLRO et E pr. man. (AB desunt, V inc.).

Danach kann es gar keinem Zweifel unterliegen, dass man in den Satiren und Episteln (mit Ausschluss der AP.) die Codd. DE oder doch E nicht entbehren kann.[1]) Aber damit bin ich auch am Ende meiner Zugeständnisse angelangt. Es gibt zwar noch einige Stellen, wo eine oder die andere jüngere Handschrift entgegen dem Zeugnis aller älteren die richtige Lesart bietet, aber dort haben es wir aller Wahrscheinlichkeit nach nur mit einer glücklichen Conjectur eines Gelehrten des Mittelalters zu thun. So urteile ich über die Lesarten S. I 2, 49 *at* $D^2R^2O^2$ für *ut*, Ep. I 1, 78 *crustis* s für *frustis*, AP. 32 *unus δ* für *imus*, AP. 197 *pacare* r für *peccare* (von O bemerkt Wickham nichts), AP. 416 *nec* u für *nunc*. Der Vers Ep. I 18, 91 *potores bibuli media de nocte Falerni*, mit dem Cod. s ehedem die Horazausgaben bereicherte,[2]) der aber in allen alten Handschriften fehlt, ist für den Sinn entbehrlich und rührt zweifellos aus der Fabrik eines mittelalterlichen Versifex her.

---

1) Cod. g, der obendrein dem 14. Jhrh. angehört, kann zur Not entbehrt werden, er hat aber nach dem Verluste des Bland. V die hohe Bedeutung, dass er S. I 6, 126 von den erhaltenen Handschriften allein mit V die echte Lesart hat. Entbehrlich ist R neben E; D bietet S. I 4, 111 u. S. I 5, 51 (Ep. II 2, 123) allein das Richtige, aber wohl nur aus Conjectur.

2) In O ist er am Rande zugefügt.

Schlussresultate.

Ich stelle schliesslich in aller Kürze ohne Begründung im Einzeln die aus den vorausgehenden Abschnitten gewonnenen Resultate zusammen:

Die wichtigsten, für die Kenntnis der handschriftlichen Ueberlieferung des Horaz unentbehrlichen Handschriften sind V A B(C) F(L) E(R D g).[1]

Die Archetypi, auf die unsere Handschriften in letzter Linie zurückgehen, enthielten nicht den ganzen Horaz zusammen. So war der Archetypus von A B in den 3 ersten Büchern der Carmina aus einer anderen Vorlage abgeschrieben als im vierten Buch, stand ehedem die A P., vielleicht auch das CS. in einer eigenen Rolle, und erklärt sich die grosse Verschiedenheit in der Ueberlieferung der lyrischen Gedichte und der Sermonen (Satiren und Episteln) am einfachsten dadurch, dass beide aus verschiedenen Archetypi abgeschrieben sind.

In Folge dessen und in weiterer Folge davon, dass A B nur einen kleinen Teil der Sermonen enthalten, baut sich die Kritik des Horaz nicht in allen Gedichten auf der gleichen Grundlage auf. In den Carm. Epod. CS. AP. sind heranzuziehen V A B F(L), in den Sermonen V A B F(L) E (D R g).

Von den Handschriften sind mehrere durch engere Verwandtschaft mit einander verbunden. Diese Verwandtschaft zeigt sich zumeist in dem Verhältnis der jüngeren Handschriften zu den älteren; so stammt a von A ($A^1 =$ A a bei Keller),[2] C von B ($B^1 =$ BC bei Keller), t von D ($D^1 =$ Dt bei Keller), i o γ von L, m d π von F.[3] Von den alten

---

1) Weshalb ich hier L R D g in Klammern gesetzt, darüber siehe die Bemerkung S. 110 u. 112.

2) Natürlich nur in den Partien, in welchen A, beziehungsweise B erhalten ist; das Ergänzte in a stimmt meistens zu E.

3) Am meisten sind diese Verhältnisse aus den Verschreibungen zu erkennen, von denen ich oben S. 109-Proben gegeben habe.

Handschriften gehören zusammen und bilden Gruppen für sich AB und FL; an FL schliessen sich DO und in freierer, zu AB neigender Weise R und E an.

Die alten, für uns die Ueberlieferung des Horaztextes repräsentierenden Codices, V AB FL in den lyrischen Dichtungen, V AB FL ERD in den Satiren und Episteln, gehen auf mehrere, mindestens drei Archetypi des Altertums und zwar des 5. oder 6. Jahrhunderts zurück; von diesen hatte der Archetypus von FL die meisten Fehler und Interpolationen, bot der von V das getreueste Abbild des Dichtertextes, enthielt der von L in den Carmina und Epoden die Recension des Mavortius, hatten die von AB und FL in den Ueberschriften ästhetische Bezeichnungen des Kunstcharakters der einzelnen Oden. Herübergenommen sind aus dem Altertum durch die Archetypi ausser dem Texte Ueberschriften, metrische und ästhetische Beischriften und Scholien.

Einzelne Varianten gehen auf Glossen zurück, welche schon im Altertum über die ursprüngliche Lesart gesetzt waren; ebenso war schon im Altertum die Teilung der Gedichte vielfach in Unordnung gekommen. Von den Glossen haben sich öfter R u. g reiner als ABFL gehalten.

Ich schliesse mit dem Wunsch, es möchte jemand auf dieser Grundlage einen Horaztext mit kurzem kritischem Apparat herstellen; es würde eine solche Ausgabe eine wesentliche Vereinfachung des Apparates der beiden Ausgaben von Keller-Holder ergeben und die völlige Wertlosigkeit des kritischen Apparates von Orelli auch in der neuen Bearbeitung von Hirschfelder-Mewes darthun.

Anhangsweise will ich auch hier aus den Münchener Handschriften, Mon. 375 (m) und Mon. 14685 (C u. E), einiges mitteilen, was teils für die metrische und poetische Theorie der Alten von Bedeutung ist, teils einen Begriff von den

Scholien des Cod. C und ihrem Verhältnis zu Ps. Acron und dem sogenannten Scholiasta Cruquianus geben soll.

Mon. 375 (m) ad S. II 1, 1:[1])

eglogae haec nomina habent: si ad Iovem hymni dicuntur; si ad Apollinem et Dianam aut Latonam paeanes; si ad Liberum aut Semelen dithyrambi; si ad ceteros deos prosodia; si ad homines laudes aut vituperationes aut luctus aut tale aliquid.

Mon. 375 ad C. III 12:

Metrum Sodaticum dicitur, ut numerus potius sit quam metrum, constat autem ex tribus ionicis minoribus.

Mon. 14685 (C) ad C. I 4:

Metrum Archilochicum sive ithyphallicum, quod constat IIII pedibus heroicis cum bucolica caesura et tribus trocheis. quartus enim pes dactylus est et partem terminat orationis, ita: Solvitur acris hiems grata vice et veris et Favoni. *sequens vero versus est iambicus trimeter catalecticus; una enim syllaba deest, ut esset integer trimeter, ita:* trahuntque siccas machinae carinas. *Monometrum aut dimetrum vel trimetrum versum in iambicis trochaicis anapaesticis metris per pedes duplices ⟨mos est⟩ computari, in ceteris per simplices. metra iambica locis imparibus quinque accipiunt pedes: iambum tribrachin spondeum dactylum anapaestum, locis autem paribus duos: iambum tribrachin, et apud comicos frequenter anapaestum.*

Idem ad C. II 1:

Metrum Alcaicum duobus versibus, tertius iambicus brachycatalecticus, quartus Pindaricus.

---

[1] conf. Procl. chrest. p. 243 f. ed. Westph., quae ipsa ex Didymi libro de poetica repetita esse videntur.

Idem ad C. II 18:

Metrum Hipponactium, et est primus versus trochaicus dimeter acephalus catalecticus; una enim syllaba deest, ut sit plenus dimeter. Scanditur ita: *non ebur neque aureum.* Secundus iambicus trimeter catalecticus. scanditur ita: *mea renidet in domo lacunar.*

Similia praebet ad C. III 28 et IV 4; confer Fragmenta Bobiensia in Gramm. lat. ed. Keil t. VI p. 629, 20: *Pindaricus constat duobus dactylis et duobus iambis.*

Mon. 14685 (E) ad Ep. I 4, 1:

Haec Peduna regio est inter Tibur et Praeneste a Peduno quodam, cuius monumentum adhuc extare dicitur (cf. Ps. Acron p. 390 ed. Hauthal).

Idem ad Ep. I 10, 49:

Vacunam apud Sabinos plurimum cultam quidam Minervam, alii Dianam putaverunt, nonnulli etiam Venerem esse dixerunt; sed Varro primo Rerum divinarum Victoriam ait, quod ea maxime (maxima cod.) *hi gaudent, qui sapientiae vacant* (cf. Ps. Acron p. 425 ed. Hauth.).

Certum nomen loci significans aedem antiquam. Vacunam alii Cererem, alii deam vacationis dicunt, alii Victoriam, qua faciente curis vacamus (cf. Schol. Cruqu.).

III.
Metrisches zu Horaz.

Das Beste meiner metrischen Beobachtungen zu Horaz habe ich bereits bekannt gegeben in der Abhandlung, Die Verskunst des Horaz im Lichte der alten Ueberlieferung, Stzb. d. b. Ak. 1868. Aber ich habe seit der Zeit doch

---

1—5 memorabile scholion propter nomen Hipponactium metro inditum.

noch einige weitere Beobachtungen und Entdeckungen gemacht, die der Mitteilung wert sein dürften, und die ich im Folgenden unter drei Aufschriften den Fachgenossen vorlegen möchte.

Die Hypermeter bei Horaz.

Unter Hypermeter versteht man bekanntlich solche Verse, in welchen das Gesetz, wonach jeder Vers mit einem vollständigen Worte (τελεία λέξις) abschliessen soll, insofern verletzt ist, als am Versende Elision des Schlussvokals vor dem Anfangsvokal des folgenden Verses stattfindet. Bei Homer, der überhaupt, wie uns neuerdings Seymour, On the feminine Caesura in Homer, in Transact. of Amer. philol. Assoc. 1885 so schön gezeigt hat, noch viel mehr darauf hielt, Sinn- und Versgliederung mit einander in Einklang zu bringen, finden sich nur 3 und obendrein nur 3 zweifelhafte Hypermeter der Art, Il. Θ 206, Ξ 265, Ω 33.[1]) Häufiger erlaubte sich diese Freiheit Sophokles im Trimeter, wovon dieselbe bei den Grammatikern den Namen σχῆμα Σοφόκλειον erhielt. Die grössere Freiheit stammt wohl aus der Verwechselung der schon bei Pindar nicht streng auseinander gehaltenen Begriffe Vers und Kolon, indem Sophokles sich dasjenige, was sich die Lyriker am Schlusse der Kola erlaubten, auch am Schlusse der Verse gestattete. Aber es blieb doch immer dabei, dass die Elision am Versschluss als eine Makel angesehen wurde. Wie stellten sich nun dazu Horaz und seine Kommentatoren?

Anstandslos zugelassen ist der Hypermeter S. I 4, 96:

Me Capitolinus convictore usus amicoque | a puero est.

---

1) Alle drei Verse endigen auf ZHN, welches die Grammatiker, da an allen drei Stellen der folgende Vers mit einem Vokal anfängt, als eine Verstümmelung von Ζῆν' = Ζῆνα ansahen, wofür aber Hermann Bekker u. a. Ζῆν nach der Analogie von βῶν ἀταλέην H 238 und im Einklang mit skt. *djām* lat. *diem* schrieben.

Zugelassen war er ferner vom Dichter S. I 6, 102:

et comes alter, uti ne solus rusve peregreve | exirem.

Aber hier ist das richtige *peregreve* erst von Aldus (a. 1501) dem Horaz zurückgegeben worden; in allen unseren alten Handschriften FLERDOg — es fehlen freilich die zwei ältesten AB, und es ist über V von Cruquius nichts bemerkt — steht das sprachlich unzulässige *peregre aut.* Es ist aber diese falsche Lesart offenbar ausgegangen von einem Grammatiker, der seinen Horaz von einem Flecken befreien und demselben einen ähnlichen Liebesdienst wie Cato dem Lucilius erweisen wollte, von dem wir S. I 10, 2 lesen: *male factos emendare parat versus.* Das geht deutlich hervor aus der Bemerkung des Grammatikers Philargyrus zu einer ähnlichen metrischen Interpolation in Verg. Georg. II 344

si non tanta quies iret frigusque calorcmque | inter,

wo der alte Codex Palatinus die Lesart *calorque* hat, und Philargyrus hierzu bemerkt: *fuit autem prior lectio frigusque calorque . . . aliter hypermetrus versus erit.* Man könnte dagegen einwenden, warum denn jener Interpolator nicht auch den gleichen Anstoss in Hor. S. I 4, 96 und Verg. Georg. I 295, Aen. VII 160 u. 470 durch Correctur entfernt habe. Aber dieser Einwand will nicht viel bedeuten: Konsequenz war nicht die starke Seite der Interpolatoren; ausserdem mochte sich an den anderen Stellen nicht so leicht eine Heilung des vermeintlichen Fehlers bieten; endlich ward die sechste Satire mit ihren interessanten Mitteilungen über das Leben des Dichters und seine Beziehungen zu Mäcenas gewiss auch im Altertum weit häufiger gelesen als die vierte über Eupolis und Lucilius.

Steckt nun aber vielleicht nicht die gleiche metrische Interpolation auch noch in anderen Stellen? Ich vermute in S. I 10, 46:

hoc erat, experto frustra Varrone Atacino
atque quibusdam aliis, melius quod scribere possem.

Kein Mensch weder in unserer Zeit noch im Altertum weiss etwas von Satiren des Varro aus Atax; von diesem kennt man nur Argonautica und eine Chorographie. Bekannt hingegen und in aller Mund sind die Saturae des Varro aus Reate. Ist es nun zu kühn zu vermuten, dass ein Grammatiker, der mehr Metriker als Litterarhistoriker war, das anstössige *Varrone Reatino* durch *Varrone Atacino* ersetzte, und dass dann ähnlich wie S. 1 6, 102 sich die Interpolation in alle unsere Handschriften einnistete?

In den lyrischen Gedichten haben die Kola nicht die Geltung von selbständigen Versen, sondern nur von Gliedern eines Systems. Hier kann also der Mangel des vollständigen Wortschlusses am Ende eines Kolon nicht den gleichen Anstoss wie im Hexameter oder Trimeter erregen, am wenigsten vor dem kurzen Schlusskolon der sapphischen Strophe, das als Clausula enger mit dem vorausgehenden Vers zusammenhängt. Hier hat sich also auch Horaz nach griechischem Vorbild unbedenklich die Freiheit einer Verbindung (synaphia) des vierten Kolon mit dem dritten erlaubt, wie C. I 2, 19. 25, 11; II 16. 7; III 27, 59; IV 2, 22; CS. 47. Aber er ging noch darüber hinaus und vermied auch nicht die Elision am Ende des zweiten Kolon der sapphischen Strophe C. II 2, 18. 16, 34. Die alkäische Strophe hatte kein so kleines Schlusskolon, sie lud also von vornherein nicht in gleicher Weise wie die sapphische zur Vereinigung zweier Kola ein; aber mit der gleichen Freiheit, mit der Horaz auch die grösseren Kola der sapphischen Strophe hin und wieder mit einander verband, erlaubte er sich auch in der alkäischen Strophe Elision am Schlusse des dritten Kolon, wie C. II 3, 27:

sors exitura et nos in aeternum
exilium impositura cumbae

C. III 29, 35:
> cum pace delabentis Etruscum
> in mare nunc lapides adesos.

An der Elision an dieser Versstelle war also kein Anstoss zu nehmen; gleichwohl scheint aber auch hier der metrische Interpolator sein Unwesen getrieben zu haben.

C. III 26 lesen wir in der 2. Strophe:
> Laevom marinae qui (sc. paries) Veneris latus
> custodit. hic, hic ponite lucida
> funalia et vectes et arcus
> oppositis foribus minacis.

Was soll der Bogen beim Erbrechen der Thüre des Liebchens? Ja, wenn die Alten schon grosse Ladenfenster von Glas gehabt hätten, da hätte der aus dem Bogen geschossene Bolzen etwas ausrichten können; aber was bedeuten die Drohungen des Bogens gegen eine Thüre von Holz? oder soll gar der Pfeil den hinter der Thüre postierten Thürwächter bedrohen? Das sind Larifarien, die mit Recht Peerlkamp verhöhnt. Aber wenn derselbe nun die ganze zweite Strophe auswirft und so das ohnehin schon kleine, aus nur 3 Strophen bestehende Gedicht noch kleiner macht, so gebraucht er eine bedenklich gewaltsame Kur; leichter ist die von Bentley versuchte Heilung, der *securesque* für *et arcus* vorschlägt und dazu treffend bemerkt: *que primum omissum erat a librariis, utpote ultra metrum excurrens et sequenti versui adiungendum, qui solemnis eorum error est cum apud hunc tum apud Virgilium. Postea cum alii deesse viderent coniunctionem, pro vectis secures non adeo magna mutatione vectis et arcus ex coniectura commenti sunt.*

Metrische Neuerungen des Horaz in den Oden.

Die alten lateinischen Metriker haben in dem Abschnitt De metris Horatianis, den sie ihren metrischen Kompendien anzuhängen pflegten, in der Regel auch angemerkt, ob die betreffende Form der Strophe von Horaz erfunden oder einem griechischen Muster nachgebildet sei.[1]) Die Bemerkungen sind gut und dankenswert, doch nicht erschöpfend, weshalb es angezeigt ist, die ganze Frage nochmals mit unseren, freilich nach dem Verluste der griechischen Originale sehr geschmälerten Hilfsmitteln aufzunehmen.

Aus dem Griechischen und zwar aus der Melik der Aeolier hat Horaz ohne Zweifel die beiden beliebtesten Strophenformen entlehnt, die alkäische und sapphische. Aber den lesbischen Dichtern ist auch der Vers nachgebildet, den er neben dem alkäischen und sapphischen am häufigsten gebraucht, der asklepiadeische:

— — — ᴗ ᴗ — — ᴗ ᴗ — ᴗ —

Maecenas atavis edite regibus.

Nur hat Horaz, was man, nachdem es durch den Scharfsinn Lachmanns und Meinekes aufgedeckt war, niemals mehr hätte bezweifeln sollen, statt je 2 gleiche Verse, wie Sappho gethan und die Grammatiker in den Ausgaben der Dichterin angemerkt hatten (s. Heph. 65, 5 Westph.), 4 gleiche Verse zur Einheit einer Strophe verbunden. Die Metriker nannten den Vers und dann auch die Strophe asklepiadeisch, nicht als ob Asklepiades, der alexandrinische Dichter und ältere Zeitgenosse des Theokrit, den Vers zuerst erfunden hätte. sondern weil derselbe oft bei ihm vorkam, und die Namen alkäisch und sapphisch schon zur Benennung anderer Verse verwendet waren. In der That waren die lesbischen Dichter Erfinder auch dieses Verses, wie wir aus den Fragmenten derselben noch beweisen können (Alc. 35—40 Hill.), und der Bestunterrichtete unter den lateinischen Metrikern, Atilius Fortunatianus p. 295, 20 K. auch ausdrücklich bezeugt:

---

1) Im Allgemeinen bemerkt Atilius Fort. 294, 8: *partim a veteribus Graecis transtulit, partim sibi ipse composuit.*

Asclepiadeon metron vocatur, non quod repertor eius Asclepiades fuerit, sed quod eo familiarius et frequentius sit usus. ante illum enim usus Alcaeus, et Sappho hoc integro usa est libro quinto.[1])

Ferner hat Horaz den lesbischen Dichtern entlehnt den grossen asklepiadeischen, von Hephästion richtiger sapphisch genannten Vers

— — — ⏑ ⏑ — — ⏑ ⏑ — — ⏑ ⏑ — ⏑ —

Nullam Vare sacra vite prius severis arborem,

nur hat er auch hier wieder 4 statt 2 Einzelverse zu einer Strophe verbunden. Der lesbische Ursprung des Verses lässt sich gleichfalls noch aus den Fragmenten erweisen und wird ausdrücklich bestätigt durch Hephästion 35, 5: τὸ δὲ ἀκατάληκτον (sc. τετράμετρον) ἀντισπαστικὸν καλεῖται Σαπφικὸν ἑκκαιδεκασύλλαβον, ᾧ τὸ τρίτον ὅλον Σαπφοῦς γέγραπται, πολλὰ δὲ καὶ Ἀλκαίου ᾄσματα· womit wiederum Atilius Fortunatianus 302, 11 K. stimmt: *his et Alcaeus usus:*

Νύμφαις ταῖς Διὸς ἐξ αἰγιόχου φασὶ τετυγμέναις.

Ausserdem ist die metrische Form der einzigen Ode, welche Horaz in fortlaufendem Rhythmus (*numero, non metro*, wie die Alten sich ausdrückten) gedichtet hat, III 12

*Miserarum est neque amori dare ludum neque dulci
mala vino lavere aut exanimari metuentis
patruae verbera linguae*

einem lesbischen Dichter, dem Alcäus, entnommen. Das erfahren wir aus dem Kommentar des Porphyrion, der uns noch die Verse des Originals erhalten hat, und aus Hephästion 67, 1, der uns obendrein willkommenen Aufschluss über

---

1) Ein Fragment der Sappho in diesem Versmass ist uns auffälliger Weise nicht erhalten. Hingegen hat auch Hephästion 34, 2 W. als Beispiel des Ἀσκληπιάδειον μέτρον Verse des Alcäus angeführt.

die metrische Messung derartiger Systeme gibt: κατὰ σχέσιν, ὡς ἐν τῷ παρ' Ἀλκαίῳ ᾄσματι, οὗ ἡ ἀρχή

ἐμὲ δείλαν, ἐμὲ πασᾶν κακοτάτων πεδέχοισαν·

ἄπειρος μὲν γάρ τις ὧν φήσειεν ἂν αὐτὸ ἐξ ὁμοίων εἶναι, ἐξ ἰωνικῆς ἀπ' ἐλάσσονος συζυγίας καταμετροῦμενον· ἡμεῖς δέ, ἐπειδὴ κατὰ δέκα ὁρῶμεν αὐτὸ συζυγίας καταμετρούμενον (fort. παραγεγραμμένον vel ἀνακεκλούμενον), κατὰ σχέσιν αὐτὸ γεγράφθαι φαμέν.

Auch das Versmass der Ode II 18

$$- \smile - \smile - \smile -$$
$$\smile - \smile - \bar{-} - \smile - \smile - -$$

*Non ebur neque aureum
mea renidet in domo lacunar*

wird auf Alcäus zurückgeführt von Cäsius Bassus 270, 21 *et hoc sumptum ab Alcaeo et ab illo tractatum frequenter et ab Horatio semel omnino compositum*, Atilius Fortunatianus 302, 17 *hoc semel omnino usus Horatius, Alcaeus frequenter* und Victorinus 168, 20 *est autem ab Alcaeo sumptum choriacum heptasyllabum subdito hendecasyllabo iambico Archilochio*. Das kann befremden und ist strittig. Nicht viel zwar will das oben S. 116 ausgeschriebene Scholion des cod. C bedeuten, das unser Versmass als *metrum Hipponactium* bezeichnet. Denn diese Benennung scheint aus der Theorie jener Metriker zu stammen, welche den katalektischen iambischen Tetrameter

$$\bar{-} - \smile - \bar{-} - \smile - \bar{-} - \smile - \smile - -$$

neque aureum mea renidet in domo lacunar

Hipponactium metrum benannten, wie Caesius Bassus 266, 8 und Mallius Theodorus 594, 7. Aber mehr spricht gegen jene Annahme dies, dass die Kunst der lesbischen Dichter vorzüglich in der melodischen Verbindung von Trochäen mit kyklischen Daktylen bestund, so dass man bei Alcäus Verse aus lauter Trochäen oder Jamben nicht erwartet. Indes man hüte sich im Zweifel an der Ueberlieferung zu weit zu gehen; es findet sich eben doch unter den Fragmenten des Alcäus auch der erste der beiden verbundenen Verse (fr. 100 Be.) und vielleicht auch der zweite (fr. 102):

ἀμμέσιν πεδάορον.
ἐγὼ μὲν οὐ δέω ταῦτα μαρτυρεῦντας.

Dass man aber die Skrupel doch nicht ganz los wird, bewirkt die Aehnlichkeit des Inhaltes unseres Gedichtes mit einem schon von Meineke verglichenen Fragment des Bakchylides (fr. 28)

οὐ βοῶν πάρεστι σώματ᾽
οὔτε χρυσὸς οὔτε πορφύρεοι τάπητες,
ἀλλὰ θυμὸς εὐμενής,
Μοῦσά τε γλυκεῖα καὶ Βοι-
ωτίοισιν ἐν σκύφοισιν οἶνος ἡδύς,

so dass man doch eher an eine freie, auf Inhalt und metrische Form sich erstreckende Nachbildung des Bakchylides als des Alcäus denken möchte, zumal im Gegensatz zu Caesius Bassus und Victorinus ein anderer Grammatiker, Diomedes p. 524, 25 unsere Strophe als horazische Erfindung bezeichnet: *septima decima ode* (II 18) *metrum habet, quod ab Horatio compositum dicitur.*

Als freie Schöpfungen des Horaz unter Anlehnung an Vorbilder der lesbischen Lyrik im Einzelnen galten den Alten

die 2. asklepiadeische Strophe

— — — ᴗ ᴗ — — ᴗ ᴗ — ᴗ   (dreimal)
— — — ᴗ ᴗ — ᴗ —

*Scriberis Vario fortis et hostium
victor Maeonii carminis aliti,
quam rem cumque ferox navibus aut equis
miles te duce gesserit* (C. 1 6)

vgl. Diom. 520, 7;

die 3. asklepiadeische Strophe

— ⏑⏑ — ⏑⏑ — — ⏑⏑ — ⏑ — (zweimal)
— — — ⏑⏑ — ⏑
— — — ⏑⏑ — ⏑ —

Quis multa gracilis te puer in rosa
perfusus liquidis urguet odoribus
grato Pyrrha sub antro?
cui flavam religas comam? (C I 5)

vgl. Diom. 519, 34 u. 522, 14;

die 4. asklepiadeische Strophe

— — — ⏑⏑ — ⏑ — (an erster und dritter Stelle)
— — — ⏑⏑ — — ⏑⏑ — ⏑ — (an zweiter und vierter Stelle)

Sic te diva potens Cypri,
sic fratres Helenae, lucida sidera,
ventorumque regat pater
obstrictis aliis praeter Iapyga (C. I 3)

vgl. Diom. 519, 21 u. 522, 7, Atilius 298, 3;

die sogenannte grössere sapphische Strophe

— ⏑⏑ — ⏑ — — (an erster und dritter Stelle)
— ⏑ — — — ⏑⏑ — — ⏑⏑ — ⏑ — — (an zweiter und vierter Stelle)

Lydia, dic, per omnis
te deos oro, Sybarin cur properes amando
perdere, cur apricum
oderit campum patiens pulveris atque solis (C. I 8)

vgl. Caesius Bassus 270, 13, Atilius 300, 24, Victorinus 165, 31.

Ich schenke bezüglich aller dieser vier Strophen den Alten Glauben, zumal bezüglich der drei letzten, da diese rhythmisch Anstoss erregen, so dass sich kaum ein griechischer Dichter diese Verbindung von Versen erlaubt hätte. Einigermassen erregt schon dies Anstoss, dass in 3 u. 4 der kürzere Vers vorausgeht, was gegen die Gewohnheit der guten alten Zeit verstösst; entschieden aber verletzt das Ohr in 4 der gleiche Ausgang der beiden Verse auf einen schweren Bacchius, und mehr noch in 2 die naturwidrige Voranstellung des brachykatalektischen Kolon vor das katalektische. Entgegen dieser unserer Annahme hat freilich Kiessling in seiner trefflichen Horazausgabe I, 20 zwei der eben angeführten Strophenformen auf Alcäus zurückzuführen versucht, indem er sich für 3 auf Alc. fr. 81 berief

$$\nu\tilde{\nu}\nu \; \delta' \; \langle a\dot{v}\vartheta' \rangle \; o\dot{\iota}\tau og \; \dot{\epsilon}\pi\iota\varkappa\varrho\acute{\epsilon}\tau\epsilon\iota$$
$$\varkappa\iota\nu\acute{\eta}\sigma ag \; \tau\grave{o}\nu \; \dot{a}\pi' \; \check{\iota}\varrho ag \; \pi\acute{v}\varkappa\iota\nu o\nu \; \lambda\acute{\iota}\vartheta o\nu,$$

für 2 auf Alc. fr. 43

$$\lambda\acute{a}\tau ag\epsilon g \; \pi o\tau\acute{\epsilon}o\nu\tau a\iota$$
$$\varkappa v\lambda\iota\chi\nu\tilde{a}\nu \; \dot{a}\pi\grave{o} \; T\eta\ddot{\iota}\tilde{a}\nu$$

Aber an der ersten Stelle ist die Annahme, dass der erste Vers unvollständig sei, leichter und einfacher als die von Kiessling nach Bergk's Vorschlag vorgenommene Ergänzung, und für die zweite ist ionisches Metrum weit angemessener, weshalb ich eher das gleiche Versmass, wie in fr. 63

$$K\varrho o\nu\acute{\iota}\delta a \; \beta a\sigma\iota\lambda\tilde{\eta}og \; \gamma\acute{\epsilon}\nu og \; A\check{\iota}a\nu \; \tau\grave{o}\nu \; \check{a}\varrho\iota\sigma\tau o\nu \; \pi\epsilon\delta' \; A\chi\iota\lambda\lambda\acute{\epsilon}a$$

vermute und demnach den Ausfall einiger Sylben in der Mitte, wie etwa

$$\lambda\acute{a}\tau ag\epsilon g \; \pi o\tau\acute{\epsilon}o\nu\tau a\iota \; \varkappa v\lambda\iota\chi\nu\tilde{a}\nu \; \langle\pi o\iota\varkappa\iota\lambda o\nu\acute{\omega}\tau\omega\nu\rangle \; \dot{a}\pi\grave{o} \; T\eta\ddot{\iota}\tilde{a}\nu$$

annehmen möchte. Jedenfalls ist es bedenklich sich mit den Sätzen der alten Grammatiker, denen doch wohl noch vollständige Ausgaben der lesbischen Dichter zugänglich waren, in Widerspruch zu setzen.

Ausser den aufgezählten Strophenweisen hat Horaz noch drei epodische Strophen angewendet. Deren Besprechung halten wir uns aber besser für den nächsten Abschnitt vor und fügen hier noch die Erörterung einiger mit den besprochenen Strophen zusammenhängender Fragen an.

Horaz hatte die ausgesprochene Absicht (vgl. Ep. I 19, 32; II 3, 99), mit seinen Oden die lesbische Sangweise und speciell die des Alcäus in die römische Poesie einzuführen. Die Weise des Pindar schien ihm, und mit Recht, zu verschlungen und schwerverständlich (vgl. C. IV 2); die des Anakreon, mit dem er sich in seiner Lebensanschauung mehr berührte,[1]) verschmähte er aus anderen Gründen. Leicht mochte ihm, der doch erst als gereifter Mann sich zur lyrischen Poesie wandte, schon der Klingklang der kurzen anakreontischen Verse zu leicht und tändelnd erscheinen. Sodann waren die Glykoneen und kurzen Verslein der anakreontischen Lyrik zusammen mit den Spielereien der Alexandriner bereits durch Catull und Licinius Calvus in Rom eingeführt worden, und Horaz hielt viel darauf, seinen Landsleuten gegenüber als origineller Dichter zu erscheinen. Endlich waren ihm die Verse des Anakreon zu nachlässig und schlotterig gebaut; vielleicht mit Unrecht, da die polyschematische Behandlung des ionischen Dimeter rhythmisch sich sehr wohl rechtfertigen lässt; aber Horaz hatte nun einmal diese Meinung, er spricht sie offen aus Epod. 14, 12:

*Anacreonta Teium,
qui persaepe cava testudine flevit amorem
non elaboratum ad pedem.*

Aber warum hat Horaz mehrere Liedformen des Alcäus, die wir noch aus dessen Fragmenten nachweisen können, verschmäht und dafür lieber durch anKere Kombination lesbischer Verse neue Strophen geschaffen? Das lässt sich noch ermitteln. Die schöne Periodenform (Alc. fr. 15)

_ ῡ _ ᴗ ᴗ _ ᴗ _ | _ ῡ _ ᴗ ᴗ _ ᴗ _ ῡ | _ ᴗ _

μαρμαίρει δὲ μέγας δόμος
χαλκῷ, παῖσα δ' Ἄρη κεκόσμη-
ται στέγα

---

1) C. I 23 nach Anacr. fr. 51; C. III 11, 9 nach Anacr. 75; C. I 27 nach Anacr. 63.

passte ihm nicht in seine Theorie, da er sich nun einmal vorgenommen hatte nur viergliederige Strophen zu dichten. Reine Daktylen oder Daktylen mit äolischer Basis, wie sie häufig Sappho, aber einige Mal auch Alcäus gebrauchte (fr. 46. 92), wichen ihm zu wenig von dem daktylischen Leierkasten der alten Zeit ab. Endlich gefielen ihm in Folge eines fein ausgebildeten Gehörs nicht Verse, die gleich mit dem Sturmlauf aufgeregter Choriamben oder Ionici o maiore begannen; er zog solche vor, in denen der rhythmische Gang mit einem oder zwei ruhigen Zweisylbern (— — oder — ◡ — —) eingeleitet wurde. Er wollte daher absichtlich nicht Verse nachahmen, wie

◡ ◡ — ◡ ◡ — — ◡ ◡ — — ◡ ◡ — — ◡ — ◡ —

Κρονίδα βασιλῆος γένος Αἴαν τὸν ἄριστον πεδ' Ἀχίλλεα (Alc. 48)

— — ◡ ◡ — — ◡ ◡ — — ◡ ◡ — —

εὐμορφοτέρα Μνασιδίκα τᾶς ἀπάλας Γυρίννως (Sapph. 76)

und hat aus diesem Grund auch den Vers

— ◡ ◡ — — ◡ ◡ — — ◡ ◡ — ◡ —

δεῦτέ νυν ἄβραι Χάριτες καλλίκομοί τε Μοῖσαι (Sapph. 60)

in ganz passender, von Caesius Bassus und seinen Nachtretern mit Unrecht getadelten Weise also umgemodelt:

— ◡ — — — ◡ ◡ — — ◡ ◡ — ◡ — —

te deos oro Sybarin cur properes amando.[1])

Aus der Abneigung gegen nachlässige Freiheit in Verbindung mit der sogenannten Derivationstheorie[2]) ist nun auch die Strenge zu erklären, mit der Horaz im Versanfang vor nachfolgendem Daktylus oder Choriamb sich nur einen Spondeus, nicht auch einen Trochäus oder gar Iambus und

---

1) Ueber die Herleitung des ersten Teiles dieses Verses aus dem Hendecas. sapph. siehe G. Schultz Herm. 22, 273.

2) Siehe darüber Verskunst des Horaz S. 18 und Susemihl Griech. Litt. der Alexandrinerzeit II 232.

Pyrrichius erlaubte.¹) Dieser Punkt legt mir noch eine kurze Bemerkung zur Geschichte der metrischen Formen nahe.

Der Vorgang des Horaz in Bezug auf die spondeische Form der Basis hat bei den lateinischen Dichtern allgemein Nachahmung gefunden und zwar nicht bloss in den von Horaz gebrauchten Versen, dem Glyconeus, Pherecrateus und den beiden Asclepiadeen, sondern auch in den verwandten Versen, insbesondere dem Hendecasyllabus. Schon Martial, Petronius (c. 15. 79. 90. 109, fr. 29) und sämtliche Dichter der Priapeia haben sich streng an die horazische Regel gehalten.²) Auf der anderen Seite findet sich bei den alexandrinischen Dichtern und bei den lateinischen bis auf Catull noch nichts von jener engherzigen Einschränkung. Wenn auch schon der Spondeus vorherrscht, besonders bei Callimachus, so findet sich doch daneben noch oft der Trochäus und selbst der Iambus bei Theokrit in seinen äolischen Gedichten (28. 29. 30) und bei Catull in seinen Hendecasyllaben und Glyconeen. Der Umschwung von der alten freien Art zu der neuen begrenzten³) ist also in verhältnismässig kurzer Zeit vor sich gegangen. Da verlohnt es sich nun zu fragen, welche Dichter der kurzen Uebergangszeit noch der alten,

---

1) Eine einzige Abweichung findet sich nach der Ueberlieferung C. J 15, 36, wovon gleich nachher.

2) Der Spondeus wird schulmässig vorgeschrieben bereits von Caesius Bassus.

3) Callimachus in Anth. Pal. XIII 10. 24 und Hephaest. p. 65 W. hat allerdings nur den Spondeus, und es ist möglich, dass derselbe auch hierin den Augusteischen Dichtern Vorbild war. Aber in den Hendecasyllaben des Phalaikos Anth. Pal. XIII 6 haben wir 3 Trochäen neben 5 Spondeen. Leonidas Anth. Pal. VII 663 erlaubt sich auch noch eine iambische Basis, allerdings da, wo sie am öftesten steht, im Anfang. Unsicher ist die Lebenszeit des Diophanes von Myrine, der sich in dem kurzen Epigramm Anth. Pal. V 309 gleichfalls noch eine iambische Basis des Hendecasyllabus erlaubt.

und welche schon der neuen Regel folgten. Hier stehen die Thatsachen. Die freie Art erlauben sich noch Mäcenas in vit. Horatii:

*ni te visceribus meis, Horati,
plus iam diligo, tu tuum sodalem
Ninnio videas strigosiorem.*

Statilius Flaccus Anth. Pal. VI 193:

Πρίηπ' αἰγιαλῖτα, φυκόγειτον,
Δαμοίτας ἁλιεὺς ὁ βυσσομέτρης,
τὸ πέτρης ὀλιπλῆγος ἐκμαγεῖον,
ἡ βδέλλα σπιλάδων, ὁ ποντοθήρης,
σοὶ τὰ δίκτυα τὸμφίβλι στρα ταῦτα,
δαῖμον, εἴσατο, τοῖς ἔθαλπε γῆρας.

Alpheios aus Mytilene (aus der Augusteischen Zeit) Anth. Pal. IX 110:

οὐ στέργω βαθυλήϊοις ἀρούρας,
οὐκ ὄλβον πολύχρυσον, οἷα Γύγης·
αὐτάρκοις ἔραμαι βίου, Μακρῖνε·
τὸ Μηδὲν γὰρ ἄγαν ἄγαν με τέρπει.

Strenge folgt der gleichen Regel wie Horaz sein Zeitgenosse Antipater Anth. Pal. VII 390:

Κυλλήνην, ὄρος Ἀρκάδων, ἀκούεις·
αὕτη σῆμ' ἐπίκειτ' Ἀπολλοδώρῳ.
Πίσηθεν μὲν ἰόντα νυκτὸς ὥρῃ
ἔκτεινεν Διόθεν πεσὼν κεραυνός·
τηλοῦ δ' Αἰγανέης τε καὶ Βεροίης,
νικηθεὶς Διὸς ὁ δρομεὺς καθεύδει.

Um diese Zeit also hat wahrscheinlich ein griechischer Lehrmeister der Metrik, vielleicht geradezu ein Dichter, der zugleich Grammatik und Metrik lehrte, wie eben Antipater, im Zusammenhang mit der den Antispast verleugnenden Derivationstheorie die Regel aufgestellt, die Basis oder der Vorschlag vor choriambischen Reihen dürfe nur durch einen

Spondeus ausgedrückt werden. Horaz hat immer die spondeische Basis mit Ausnahme der einen Stelle in dem Jugendgedicht auf Paris C. I 15, 36:

ignis Iliacas domos.

Ob hier *Iliacas* in *Pergameas* oder *Dardanias* zu korrigieren, oder als Anzeichen der noch nicht festgeprägten Kunst des Horaz zu belassen ist, wer möchte das zu entscheiden wagen?

Die Epoden des Horaz.

Horaz nennt bekanntlich selbst Epod. 14, 7 und Epist. I 19, 23 seine in dem Buch der Epoden gesammelten Gedichte *iambos*. Das könnte nur eine Benennung a potiore parte sein; passender jedenfalls ist der in all unseren Handschriften überlieferte Name Epoden. Denn mehrere der Gedichte sind ja nicht im iambischen Versmass gedichtet, und auch die specielle Bedeutung $iαμβεῖα$ = Spottgedicht (Aristot. poet. 4 p. 1448^b 31) will nicht ganz zu einer Sammlung passen, die mehrere harmlose Scherze und Reflexionen enthält. Die Gedichte selbst sind, wie längst erkannt, nach metrischen Gesichtspunkten geordnet, indem anders wie in den Oden die Gedichte der gleichen metrischen Form (Epod. 1—10, 14—15) zusammen stehen. Innerhalb dieses Rahmens liess wohl Horaz andere Rücksichten gelten, wie wenn er der ganzen Sammlung ein Gedicht an Mäcenas voranstellte und auch unter den im gleichen Versmass gedichteten Epoden 14 u. 15 der an Mäcenas den Vortritt gab, oder wenn er die lange und langweilige Epode 5 in die Mitte zwischen kurze und energische Gedichte nahm. Aber entscheidend blieben doch immer die metrischen Momente. Dabei stellte der Dichter das Gedicht aus lauter iambischen Trimetern als das kunstloseste an den Schluss und schickte demselben unmittelbar voraus ein anderes, in dem der iambische Trimeter den zweiten Teil des Distichons ausmacht. Für den Anfang wählte er aus seinen Versuchen eine runde Zahl von 10 einfachen archilochischen Epoden aus, in denen auf einen vorausgehenden iambischen Trimeter ein iambischer Dimeter als Nachgesang folgt.[1]) In die Mitte stellte er sodann Epoden kunstvollerer und seltener Art, die aus 2 oder 3 Elementen, darunter immer einem daktylischen, bestunden. Darin nun, dass Horaz die rein-iambischen Epoden und die freieren Gefüge zu einer Sammlung vereinigte und dabei die ersteren voranstellte, folgte er dem Beispiel des Archilochus. Denn auch Archilochus hatte einfachere und kunstvollere Epoden gedichtet, wie uns noch heute die Fragmente lehren, und dass er dabei die einfachen, aus einem Rhythmengeschlecht gebildeten Epoden voranstellte, dürfen wir aus der Weise abnehmen, wie Hephästion p. 71 W. darüber referiert: εἰσὶ δὲ ἐν τοῖς ποιήμασι καὶ οἱ ἀρρενικῶς οὕτω καλούμενοι ἐπῳδοί, ὅταν μεγάλῳ στίχῳ περιττόν τι ἐπιφέρηται, οἷον

πάτερ Λυκάμβα, ποῖον ἐφράσω τόδε;
τίς σὰς παρήειρε φρένας;

καὶ ἔτι

εἴτε πρὸς ἄθλα δῆμος ἠθροίζετο,
ἐν δὲ Βατουσιάδης.

Bemerkenswert ist, dass Horaz die kunstvollere Form des epodischen Distichons auch in den Oden anwandte C. I 4. 7. 28; IV 7. Das ist offenbar, wie man längst erkannte, so zu erklären, dass Horaz derartige epodische Gedichte auch noch schrieb, nachdem er im Jahre 31/30 das Buch der Epoden abgeschlossen und der Oeffentlichkeit übergeben hatte. Damit aber diese jüngeren Epoden zu der Art der übrigen Oden passten, legte er sich den Zwang auf, immer je 2 Distichen

---

1) Die Zahl 10 lag auch den Bukolika des Vergil und Theokrit zugrunde.

zu einer viergliederigen Strophe zu vereinigen, an welches Gesetz er sich in den Epoden noch nicht gebunden hatte. Welche Formen der Epoden sind nun den griechischen Originalen nachgebildet und welche sind frei erfunden? Dass die einfachste, aber auch am häufigsten gebrauchte Form

∪ — ∪ — ∪ — ∪ — ∪ — ∪ —
∪ — ∪ — ∪ — ∪ —

Ibis Liburnis inter alta navium,
amice, propugnacula (Epod. 1)

dem Archilochus entlehnt ist, bedarf keines weiteren Nachweises: die meisten Epodenfragmente des Archilochus weisen die gleiche Form auf.

Auch die beiden anderen Formen

— ∪ ∪ — ∪ ∪ — ∪ ∪ — ∪ ∪ — ∪ ∪ — —
∪ — ∪ — ∪ — ∪ — ∪ — ∪ —

Altera iam teritur bellis civilibus aetas,
suis et ipsa Roma viribus ruit (Epod. 16)

— ∪ ∪ — ∪ ∪ — ∪ ∪ — ∪ ∪ — ∪ ∪ — —
— ∪ ∪ — ∪ ∪ — ∪ ∪ — —

Laudabunt alii claram Rhodon aut Mytilenen
aut Ephesum bimarisve Corinthi (C. I 7)

sind dem Archilochus entnommen. Für die erste haben wir den sicheren Beweis in einem epodischen Gedichte des Archilochus fr. 101; für die zweite das klare Zeugnis der lateinischen Grammatiker Diomedes 520, 15 u. 529, 2, Caesius Bassus 269, 14, Victorinus 165, 17 u. 170, 25, mit denen man noch Hephästion 23, 7 zusammenstelle, wo es von dem daktylischen τετράμετρον εἰς διοσύλαβον καταληκτικόν heisst: ᾧ πρῶτος μὲν ἐχρήσατο Ἀρχίλοχος ἐν ἐπῳδοῖς.[1]

---

[1] Mit Unrecht heisst noch in neuesten Büchern, wie Ribbeck, Röm. Dicht. II 118, Kiessling, Ausg. Einleit., unsere Strophe alk-

Auch für das epodische Distichon

— ᴗ ᴗ — ᴗ ᴗ — ᴗ ᴗ — ᴗ ᴗ — ᴗ ᴗ   —
ᴗ — ᴗ — ᴗ — ᴗ —

*Mollis inertia cur tantam diffuderit imis
oblivionem sensibus*

dürfen wir, gestützt auf Archil. fr. 84, archilochischen Ursprung annehmen, wiewohl auffälliger Weise Diomedes 529, 12 dazu bemerkt: *quarta decima ode aeque ab Horatio composita dicitur*. Ob diese mit *dicitur* hingestellte Behauptung sich etwa darauf stützt, dass in dem Fragment des Archilochus der kurze Vers vorangeht?

Für die Verbindung

— ᴗ ᴗ — ᴗ ᴗ — ᴗ ᴗ — ᴗ ᴗ — ᴗ ᴗ — —
— ᴗ ᴗ — ᴗ ᴗ —

*Diffugere nives redeunt iam gramina campis
arboribusque comae* (C. IV 7)

fehlt ein Beleg in den Fragmenten des Archilochus. Aber nicht bloss findet sich bei Archilochus die analoge Verbindung eines iambischen Trimeter mit einer daktylischen Penthemimeris (s. oben S. 132), sondern es bezeugt auch den archilochischen Ursprung unserer Ode Diomedes 527, 9: *septima ode Archilochium metrum habet*.

Wir kommen zu der kunstvolleren Form der Asynarteten. Horaz kannte ohne Zweifel die Lehre der Metriker von den Asynarteten, unter denen diese, wie schon der Name besagt und Hephästion in dem Abschnitt περὶ ἀσυναρτήτων ausdrücklich ausspricht, metrische Reihen verstanden, die aus zwei ungleichartigen, nicht zur vollen Einheit zusammen-

---

manisch. Alkmanisch ist nur der Gebrauch der Daktylen überhaupt, aber von den zwei Arten der daktylischen Tetrameter hiess nur der akatelektische Alcmanius, der katalektische hingegen Archilochius; s. Victor. 73, 13 u. 115, 9.

gefügten Gliedern bestehen. Dass Horaz diese Begriffsbestimmung in der Schule seiner metrischen Lehrmeister gehört hatte, beweist einfach die Thatsache, dass er derartige Verse baute. Uebrigens hat er nur in den Epoden, nicht mehr auch in den Oden die Freiheiten des Hiatus und der zweifelhaften Sylbe am Schlusse des ersten Kolon sich erlaubt, ein Zeichen, dass er auch hier mit der Zeit strengere Anforderungen an sich und seine Kunst stellte.

Von den drei Epoden nun, in denen ein Vers asynartetisch gebaut ist, so dass thatsächlich das Distichon nicht aus 2, sondern aus 3 Gliedern besteht, ist eine sicher dem Archilochus nachgebildet. Es ist dies die weitaus schönste, nach dem parischen Dichter geradezu benannte Archilochische Strophe:

$$- \smile \smile - \smile \smile - \smile \smile - \smile \smile \quad - \smile - \smile - -$$
$$\smile - \smile - \bar{\smile} - \smile - \smile - -$$

Solvitur acris hiems grata vice veris et Favoni
trahuntque siccas machinae carinas (C. I 4).

Ausser mehreren einzelnen Versen dieser Verbindung hat sich auch noch ein vollständiges Distichon in Archil. fr. 101 erhalten.

Die beiden anderen Versmasse dieser Art

$$\smile - \smile - \smile - \smile - \bar{\smile} - \smile -$$
$$- \smile \smile - \smile \smile - | \smile - \smile - \bar{\smile} - \smile -$$

Petti, nihil me sicut antea iuvat
scribere versiculos amore percussum gravi (Epod. 11)

$$- \bar{\smile} \smile - \smile \smile - \smile \smile - \smile \smile - \smile \smile - -$$
$$\smile - \smile - \bar{\smile} - \smile - \smile \smile - \smile \smile -$$

Horrida tempestas caelum contraxit et imbres
nivesque deducunt Iovem; nunc mare, nunc siluae (Epod. 13)
sind nach der Versicherung des Diomedes 528, 30 u. 529, 3
— das zweite Metrum wird auch von Caesius Bassus 271, 20 und Atilius Fortunatianus 294, 22 als Neuerung bezeichnet —

Erfindungen des Horaz. Wir werden dieses den Grammatikern bezüglich der letzten Epode um so eher glauben, als der Bau des asynartetischen Verses in der That sehr zu bemängeln ist. Denn es kann wohl einmal in einem einzelnen Fall der Dichter zur Erzielung eines bestimmten rhythmischen Effektes (Tonmalerei) den Rhythmus am Ende der Periode nochmals aufschnellen lassen; im allgemeinen ist es unpassend, eine Periode so zu schliessen, dass auf ein gemessenes iambisches Kolon ein rasches daktylisches folgt, anstatt dass die raschen Daktyle in gesetzte Trochäen auslaufen. Auch habe ich weder bei Archilochus noch einem anderen griechischen Dichter derartig gebaute Epoden gefunden.

IV.
Das Carmen saeculare und die neuaufgefundenen Säcularacten.

Ueber die Säkularspiele d. J. 17 v. Chr., die dem Horaz Anlass zur Dichtung des Carmen saeculare boten, verdankten wir bisher die Hauptkunde den auf dieses Fest bezüglichen Versen der Sibylla (erhalten durch Phlegon, macrob. 4 und Zosimus hist. 2, 6) und dem aus guter Quelle geschöpften Berichte des Historikers Zosimus II 5. Dazu sind nun allerneuestens durch ein besonders glückliches Geschick die Akten des Festes selbst (*commentarium ludorum saecularium*) gekommen. Dieselben waren nach einem in dem Protokoll erhaltenen Senatsbeschluss auf eine eherne und marmorene Säule geschrieben worden, und von diesen Stelen haben die letztere, wenn auch nur in Stücken und unvollständig, die römischen Antiquare in den letzten Jahren nahe bei dem Tiber wieder aufgefunden. Mommsen hat es unternommen, diese Acta der Säkularspiele unter Augustus (17 v. Chr.) zu publicieren, zuerst in den Monum. antichi publicati della R. Acad. dei Lyncei I 3 (1891) 617—72, und dann zusammen

mit den inzwischen am selben Orte gefundenen Akten der
Säkularspiele des Septimius Severus in Ephem. epigr. VIII
225—315. Aber nicht publiciert bloss hat Mommsen diese
kostbaren epigraphischen Reste, sondern auch so vortrefflich
und allseitig, zum Teil mit Hilfe seiner Freunde erläutert,
dass wir jetzt einen vollständigen Einblick in den Verlauf
jener Spiele haben und uns zugleich eines ausgezeichneten
Kommentars zu dem horazischen Gedichte erfreuen. Nicht
leicht habe ich in letzterer Zeit eine Schrift mit lebhafterem
Interesse und wärmerem Dank für den Autor gelesen als
eben diese Abhandlung Mommsens, deren Besitz ich obendrein der ausnehmenden Güte des Verfassers verdanke. Gleichwohl drängten sich mir bei dem wiederholten Durchlesen
einige Zweifel, auch einige neue Gesichtspunkte auf, die ich
hier in der Art vorlegen möchte, dass ich zuerst von dem
Gedichte des Horaz und dann von den übrigen an das Fest
sich anschliessenden scenischen Aufführungen handele.

Der Vortrag des Festliedes.

Auf das Carmen saeculare des Horaz bezieht sich in den
Akten der vom dritten Tag handelnde Abschnitt v. 147—9.
Die Festfeier des dritten Tages wurde demnach zu Ehren
der Latoiden Apollo und Diana, der alten griechischen
Heilgötter, auf dem Palatium, wo sich der Tempel des palatinischen Apollo befand, derart begangen, dass zuerst die
Vorstände des Collegiums der Quindecemviri, Caesar Augustus
und M. Agrippa, dem Apollo und der Diana mit bestimmtem
Ceremoniell ein Opfer darbrachten. Dann heisst es weiter
in den Akten: *sacrificioque perfecto pueri XXVII, quibus
denuntiatum erat, patrimi et matrimi et puellae totidem
carmen cecinerunt, eodemque modo in Capitolio. Carmen
composuit Q. Horatius Flaccus;* ähnlich v. 20: *pueros virginesque patrimos matrim[osque ad carmen can]endum chorosque habendos frequentes u[t adsint].*

Zu diesen Sätzen des officiellen Protokolls stimmt in der Hauptsache gut die Aufschrift, welche wir in mehreren unserer besten Horazhandschriften, BLγ, vor dem CS. lesen: *carmen saeculare quod patrimi et matrimae cantaverunt*, ein neues Zeichen der Güte und des hohen Alters, das wir oben S. 101 diesen Aufschriften zugeschrieben haben. Auf unser Protokoll geht auch in letzter Linie die Bemerkung des Porphyrion zurück: *a virginibus puerisque praetextatis in Capitolio cantatum est*, nur dass derselbe einseitig nur einen der beiden Orte, wo das Lied gesungen wurde, das Kapitol, und nicht auch den Platz auf dem Palatium nennt. In dem sibyllinischen Orakel beziehen sich auf unser Säkularlied die Verse:

καὶ ἀειδόμενοί τε¹) Λατῖνοι
παιᾶνες κούροις κούρῃσί τε νηὸν ἔχοιεν
ἀθανάτων· χωρὶς δὲ κόραι χορὸν αὐταὶ ἔχοιεν
καὶ χωρὶς παίδων ἄρσην στάχυς, ἀλλὰ γονήων
πάντων ζωόντων, οἷς ἀμφιθαλὴς ἔτι φύτλη.

Die Päane werden hier ausdrücklich *Λατῖνοι* genannt; das erinnert an die Stelle in den Episteln des Horaz I, 19, 32, wo sich unser Dichter mit Hochgefühl *Latinum fidicinem* nennt. Daran knüpfe ich die Vermutung, dass die sibyllinischen Verse, die ja zweifelsohne eine andere Zeit erheucheln, als in der sie thatsächlich gedichtet wurden, erst in einer Zeit, als bereits der *Latinus fidicen* Horaz zum officiellen Festdichter aufgestellt war, entstanden seien, also einige Monate oder auch Jahre vor dem Feste selbst. Ich wage diese Vermutung um so mehr, als ja auch die übrigen Vorschriften des sibyllinischen Orakels so genau dem jetzt

1) Die tautologische Verbindung von καί τε ist zwar nicht unerhört — Homer gebraucht sie A 521. I 509. 510. K 224. ξ 465. ρ 485. τ 342. 537. ψ 13 — aber doch wenig plausibel. Wilamowitz Herm. 28 (1892) 649 entfernt sie durch die Lesung ἴσα δεδέχθω θύματ' Ἐλειθυίῃσιν, ἀειδόμενοί τε Λατῖνοι.

aktenmässig bekannt gewordenen Verlauf des Festes entsprechen, dass dasselbe nur als ein *vaticinium post eventum* oder richtiger *post rem ab Augusto decretam* angesehen werden kann.[1]) Damit komme ich freilich in Widerspruch mit Mommsen, der Eph. 236 das sibyllinische Orakel schon längere Zeit vor Augustus gedichtet sein lässt, weil bereits Varro das saeculum von 110 Jahren gekannt habe. Aber das brauchte Varro nicht gerade aus den sibyllinischen Büchern oder gar gerade aus unserem Gedichte entnommen zu haben. Die Fälscher im Dienste der kaiserlichen Regierung, der Pontifex Ateius Capito an der Spitze, konnten, auch wenn sie erst kurz vor der Veranstaltung der Spiele die Verse fabricieren und der Sibylle unterschieben liessen, sich doch auf die durch Varro verbreitete Lehre von der 110 jährigen Dauer des Säculum stützen, um die Erneuerung der Säkularfeier 110 Jahre nach dem Falle von Fregellä (628 d. St.) empfehlen zu können;[2]) warum aber Varro selbst ein Säculum von 110 Jahren annahm, das wissen wir eben nicht.

Die χοροὶ παίδων der Sibylle entsprechen genau den *chori puerorum et virginum* der Akten. Die Bedeutung des griechischen Ausdrucks χοροὶ παίδων — und Griechen werden ja hauptsächlich bei der Ordnung des sanglichen und scenischen Teiles der Spiele ihre Hand im Spiel gehabt haben — wird noch klarer, wenn man sich an die Gegenüberstellung der χοροὶ παίδων und χοροὶ ἀνδρῶν auf attischen Inschriften erinnert. Auch die Bezeichnung des horazischen Gesanges

1) Man beachte nebenbei auch die Identificierung von Apollo und Sol in Sibyll. carm. v. 17 und in Hor. CS. 9.

2) Varro verband nach Augustinus De civ. dei 22, 28 das Säculum von 110 Jahren mit der Lehre von einer nach 440 Jahren wiederkehrenden Palingenesie. Woran diese kurz nach 43 v. Chr. in der Schrift *De gente populi Romani* vorgetragene Geheimlehre anknüpfte, das zu cruieren ist bis jetzt noch niemand gelungen; davon aber hängt die ganze Erklärung der Sache ab.

(*carmen* Hor. C. IV 6, 43 u. Comm. lud. saec. v. 149) mit *παιᾶνες*[1]) passt gut auf einen Bittgesang an Apollo zur Abwehr von Krankheit und Not; er war um so passender, als die Chöre nicht stehend, sondern unter Reigentänzen (*ad carmen canendum chorosque habendos*), wie sie seit Alters beim Päan üblich waren, das Lied vorzutragen hatten. Ganz deutlich auch sieht man auf der Münze, welche Domitian zum Andenken an die unter seiner Regierung begangenen Säkularspiele prägen liess (n. 10 auf der bei Mommsen angehängten numismatischen Tafel), die Knaben und Mädchen im Schritte sich bewegen und ebenso die beiden, dem jugendlichen Chor folgenden Männer, woraus wir die gleiche Bewegung der Chöre und Festvorsteher (Cäsar Augustus und M. Agrippa) bei den augusteischen Säkularspielen des Jahres 17 mit Zuversicht erschliessen dürfen.

Aber wie wurde das Lied vorgetragen und wie wurden die einzelnen Teile unter die beiden Chöre verteilt? Das ist eine alte Streitfrage der Horazerklärer, die durch den neuen Fund neue Nahrung und Richtung erhalten hat. Da nämlich das Lied nach den Akten auf dem Palatium und auf dem Kapitol (*in Palatio . . . eodemque modo in Capitolio*) gesungen wurde, so stellt Mommsen p. 257 unter voller Zustimmung Dressel's p. 314 die Vermutung auf, dass die Chöre dasselbe auf dem feierlichen Zuge vom Palatium nach dem Kapitol und von dem Kapitol zurück zum palatinischen Tempel des Apollo vorgetragen haben: *et actorum de loco testatio et ipsa poetae sollertia aut admittunt aut adeo requirunt, ut carmen statuamus cantatum esse a choris solemni pompa ex Palatio ad Capitolium per-*

---

1) Zosimus hist. II 5 gebraucht daneben noch den allgemeinen Ausdruck ὕμνοι: ὕμνους ᾄδουσι τῇ τε Ἑλλήνων καὶ Ῥωμαίων φωνῇ καὶ παιᾶνας, ähnlich wie Plato Conv. p. 177 A: ἄλλοις μέν τισι θεῶν ὕμνους καὶ παιᾶνας ὑπὸ τῶν ποιητῶν γεγραμμένους, und Polybius IV 20: οἱ παῖδες ἐκ νηπίων ᾄδειν ἐθίζονται κατὰ νόμους τούς θ' ὕμνους καὶ παιᾶνας.

gentibus et inde redeuntibus ad aedem Apollinis Palatinam. Die sollertia des Dichters findet Mommsen vornehmlich darin, dass er mit dem Lobe des Apollo und der Diana beginnt und schliesst und in die Mitte das stellt, was sich nur für die kapitolinischen Götter eignet; dieser mittlere Teil müsse daher auf dem Kapitol im Anblick des Tempels des Jupiter und der Juno gesungen sein.

Gewiss hat Mommsen Recht, wenn er die Strophe v. 49—52

Quaeque vos bobus veneratur albis
clarus Anchisae Venerisque sanguis,
inpetret bellante prior, iacentem
lenis in hostem

auf das Opfer bezieht, welches Augustus den kapitolinischen Göttern darbrachte. Das konnte vorher schon vermutet werden und ist jetzt ausser allen Zweifel gestellt durch die Akten v. 103 ff.: *K. Iun. in Capitolio bovem marem Iovi optimo maximo proprium immolavit imp. Caesar Augustus, ibidem alterum M. Agrippa, precati autem sunt ita: Iuppiter optime maxime, uti tibi in illeis libreis scriptum est quarumque rerum ergo quodque melius siet populo R. Quiritibus, tibi hoc bove mare pulchro sacrum fiat, te quaeso precorque uti imperium maiestatemque p. R. Quiritium duelli domique auxis.* Auch das hat richtig Mommsen bemerkt, dass die Digression des Dichters von Apollo und Diana auf die übrigen Götter und speciell Jupiter nunmehr, wo wir wissen, dass das Lied nicht bloss auf dem palatinischen Hügel, sondern auch auf dem Kapitol gesungen wurde, noch mehr entschuldigt, ja geradezu gefordert erscheint. Aber weiter zu gehen finde ich nicht geraten. Wenn auch das Lied für den dritten, den Latoiden speciell geweihten Festtag bestimmt war und sich demnach zunächst an Apollo und Diana wenden musste, so konnte doch der Dichter in das Gebet auch Bitten an die übrigen Götter einflechten und vor allem an Jupiter, von dessen Allgewalt nach des Volkes Glauben aller Dinge

Fortgang und Ausgang abhing. Die Römer werden sich ihren Apoll nicht so pietätlos gedacht haben, dass sie einen Anstoss befürchten mussten, wenn sie in einem ihm geweihten Bittgesang auch seines Vaters gedachten. Keineswegs aber war es notwendig, dass die betreffende Bitte an Jupiter nun auch vor dessen Tempel vorgebracht wurde. Das Säkularlied wendet sich auch an die Parcen (v. 25) und die Mutter Erde (v. 29); wird auch da der Chor eigens zum Tempel der Parcen und der Tellus gezogen sein? und wenn der Päan gegen Schluss (v. 73) noch einmal auf Jupiter, und zwar dieses Mal unter Nennung seines Namens zurückkommt, wird da etwa auch der Chor nochmals zum Tempel des Jupiter auf das Kapitol zurückgekehrt sein? Nein, das ganze Lied konnte ganz passend vor dem Apollotempel auf dem Palatium gesungen werden, und auch auf dem Kapitol brauchte der Chor sich nicht auf den Vortrag des mittleren Teiles zu beschränken. Das Letztere wird schon deshalb nicht geschehen sein, weil es schwer ist zu sagen, mit welchem Vers denn der Chor vor dem Jupitertempel habe anfangen sollen. Denn so geschickt ist die Bitte an die kapitolinischen Götter mit dem Päan an Apollo verbunden und gewissermassen vernietet, dass man vergeblich eine scharf scheidende Linie ausspähen wird; es versuche es nur einer!

Ich mache dann ferner gegen Mommsen geltend, dass in den Akten gar nichts von einer pompa oder von dem Vortrag des Päan auf dem Wege vom Palatium zum Kapitolium und zurück steht. Es heisst nur *eodemque modo in Capitolio*, und das heisst, wenn man den Worten nicht Gewalt anthun will, doch nur: das Lied soll zweimal gesungen werden, zuerst vor dem Apollotempel auf dem Palatium, und dann nochmals auf die gleiche Weise auf dem Kapitolium. Dazwischen mussten ja freilich die Knaben und Mädchen von dem Palatium nach dem Kapitolium gehen, und sie thaten dieses, indem sie, wie die oben angezeigte Münze des Domitian zeigt, heilige Zweige in der erhobenen Rechten trugen nach Art der Lorbeerzweige und Weinranken tragenden Jünglinge bei dem Feste der δαφνηφορικά und ώσχοφορικά der Griechen. Ob sie dabei sangen oder den Weg schweigend zurücklegten oder nur hie und da ein lautes ἰή παίαν ἰή παίαν erschallen liessen, das mag jeder sich nach seinem Geschmack zurechtlegen; geschrieben steht davon nichts in keinem der Zeugnisse.[1]) Nur das wird man sagen dürfen, dass der Weg viel zu lang war, als dass für den Hinweg und Rückweg und den Halt vor dem Tempel des Jupiter und dem des Apollo der einmalige Vortrag des kurzen horazischen Gedichtes mit seinen 19 sapphischen Strophen hätte ausreichen können.

Schliesslich will ich denn doch auch nicht unerwähnt lassen, dass auch die metrische Form und die Anzeichen abwechselnden Gesanges (ἀμοιβαῖον μέλος) gegen den Vortrag auf dem Marsche sprechen. Geben wir auch zu, dass Horaz kein volles Verständnis mehr für das Wechselverhältnis von Metrum und Vortragsweise hatte, und dass ihn seine eigentümliche Vorstellung von dem Charakter eines *carmen* abhalten musste, sich der päonischen Reihen oder der anapästischen Systeme zu bedienen, so konnte ihm doch nicht entgehen, dass von den ihm geläufigen Strophengattungen die alkäische mit ihren Auftakten sich ungleich besser als die sapphische für ein Marschlied eignete. Ueberhaupt aber liess sich für den Marsch nicht ein Wechselgesang, wenigstens nicht ein einigermassen kunstvoll gegliederter, arrangieren.

---

1) Von einem ähnlichen Plan des alten Livius Andronicus heisst es allerdings bei Livius 27, 37: *decrerere pontifices, ut virgines ter novenae per urbem euntes carmen canerent.* Auch von dem Pään des Pindar Pyth. V, der zugleich den Wagensieg des Arkesilas verherrlicht, möchte Böckh, Pind. II 2, 282, lieber annehmen, dass er auf dem Wege zum Apollotempel als vor dem Tempel, nachdem der Zug dort angekommen war, gesungen sei, lässt aber behutsam beide Möglichkeiten offen.

Einen solchen müssen wir aber für das Säkularlied voraussetzen, zu dem 2 grosse Chöre von je 27 Personen gebildet wurden, und bei dessen Vortrag nach dem ausdrücklichen Zeugnis der Akten v. 21 Gesang mit Reigentanz verbunden war. Freilich, wie diese Reigentänze beschaffen waren, und wie in Verbindung damit die Teile des Liedes sich auf die zwei Chöre und die drei oder neun Reihen, aus denen jeder der beiden Chöre bestand, verteilten, wird immer Sache der Vermutung bleiben, über die ein Balletmeister besser als ein Grammatiker urteilen kann. Aber darf dabei von einem Tanzplatz auf dem ebenen Boden vor dem Tempel ausgegangen werden, so lässt sich, unter Beachtung der vom Dichter im Texte gegebenen Anzeichen der Proodos (v. 1—8), Mesodos (v. 33—36) und Epodos (v. 72—76), eine passende Verteilung in schönem Wechsel von Ganz-, Halb- und Drittelschor und mit schönen Evolutionen nach rechts und links recht wohl ausdenken.

Dabei verstehe ich unter Ganzchor die Vereinigung der beiden Chöre der Knaben und Mädchen. Diesem fiel zweifellos die Proodos, Str. 1 u. 2, und die Epodos, Str. 19, zu. Gewiss wurde auch die Mesodos, Str. 9, vom Gesamtchor gesungen, jedoch wahrscheinlich in der Weise, dass die 2 ersten Verse die Knaben, die 2 letzten die Mädchen sangen:

    chor. puer.: *condito mitis placidusque telo*
                  supplices audi pueros, Apollo.
    chor. puell.: *siderum regina bicornis audi,*
                  Luna, puellas.

Die Gesamtheit der übrigen Strophen, 3—8 + 10—18 = 6 + 9 = 15 lässt sich nicht mit 2, wohl aber mit 3 teilen; daher kann von einem fortlaufenden Wechselgesang der Knaben und Mädchen nicht die Rede sein, sondern fragt es sich nur, ob man nur Drittelschöre oder Drittelschöre neben Halbchören annehmen soll. Der Sinn der Verse gibt keine zuverlässige Entscheidung dieser Kontroverse, wenn man auch sagen kann, dass Str. 3 u. 4, 7 u. 8, 12 u. 13. 14 u. 15 im Verhältnis von Strophe und Gegenstrophe zu stehen scheinen. Daher verzichte auch ich auf ein festes Urteil, sondern lasse es zweifelhaft, ob sämtliche 15 Strophen von Drittelschören, oder nur Str. 16. 17. 18 von Drittels-, die übrigen (3—8 und 10—15) von Halbchören gesungen worden seien. Die Drittelschöre denke ich mir aber gebildet von einer Reihe Knaben und einer Reihe Mädchen (9 + 9 oder $3 \times 3 + 3 \times 3$), und erinnere, damit niemand an der Annahme von Drittelschören Anstoss nehme, an die Trichoriai der Lakedämonier, von denen uns Pollux IV 107 berichtet. Auf dem geräumigen Platz vor dem Apollotempel und vor dem kapitolinischen Tempel des Jupiter konnten diese 18 (2×9) Reihen von Knaben und Mädchen recht wohl neben einander Aufstellung finden und dabei auch noch Tanzbewegungen nach rechts und links ausführen; bei dem Marsch zum Kapitol und zurück wird, worauf auch die von Dressel herangezogene Münze des Domitian führt, immer eine Reihe Mädchen auf eine Reihe Knaben gefolgt sein.

Alles dieses hatte ich schon im November und December vorigen Jahres niedergeschrieben; inzwischen erhielt ich durch die Güte des Verfassers den Aufsatz von Vahlen, Ueber das Säkulargedicht des Horatius (Stzb. d. pr. Ak. d. W. 1892, 1005 ff.), der sich gleichfalls gegen die Hypothese Mommsens ausspricht, da derselben die ganze Anlage und Gliederung des Gedichtes widerspreche, indem Strophe 3—8 einerseits und Strophe 10—13. 14—18 anderseits zwei geschlossene und in sich fest verschlungene Gedankenketten bilden.

Dem können auch wir beistimmen, da diese Analyse des Gedichtes im wesentlichen zu der von uns vermuteten Disposition der Chorreihen stimmt. Aber nicht mehr vermögen wir Vahlen zu folgen, wenn er bezweifelt, dass überhaupt ein Zug der Chöre durch die Stadt in dem ursprünglichen Programm der Säkularspiele gestanden habe. Es möchte nämlich Vahlen das *eodemque modo in Capitolio* (scil. *carmen cecinerunt*) auf eine da capo-Aufführung deuten, indem er die zweimalige Aufführung von Terenz' Eunuch und Aristophanes' Fröschen zum Vergleich heranziebt. Aber dann bliebe es unaufgeklärt, warum denn die da capo-Aufführung auf dem Kapitol und nicht an demselben Ort wie die erste Aufführung stattgefunden habe. Sodann spricht doch zu bestimmt sowohl die Münze des Vespasian wie der oben von uns herangezogene Bericht des Livius 27, 37 über den Päan des Livius Andronicus für die Annahme Mommsens, dass der Chor die Aufgabe hatte, nicht bloss vor den Tempeln zu singen, sondern auch in langem Zuge durch die Stadt, wenigstens einen Teil derselben zu ziehen.

Die scenischen Spiele.

Noch eine grössere Rolle als das Carmen saeculare spielen in den Akten die Spiele (*ludi*) oder die scenischen Aufführungen (s. Mommsen S. 268—272). Es waren ihrer zwei Arten, eine untergeordnetere während der drei religiösen Festtage (*sollemnes et legitimi ludi*), und eine glänzendere in dem profanen Nachspiel, welches auf das religiöse Fest folgte. Die erstere Art von scenischen Aufführungen gab sich schon äusserlich dadurch als eine nebensächliche Feier kund, dass sie nicht im Theater, sondern auf einer extemporierten Bühne in der Nähe des Opferplatzes stattfand. Passend hat Mommsen mit ihnen die Spiele verglichen, welche bei der Feier der Arvalbrüder am zweiten Tage dem Opfer folgten.[1]) An dem Säkularfest fanden sie an allen drei Tagen (1.—3. Juni), bei Nacht und bei Tag statt, in der

---

1) Vergleiche auch Strabo p. 467: κοινὸν δὴ τοῦτο καὶ τῶν Ἑλλήνων καὶ τῶν βαρβάρων ἐστὶ τὸ τὰς ἱεροποιίας μετὰ ἀνέσεως ἑορταστικῆς ποιεῖσθαι.

Nacht auf einem blossen Podium ohne besondere Zuschauersitze (v. 100: *sunt commissi in scaena, quoi theatrum adiectum non fuit nullis positis sedibus*), bei Tag in einem improvisierten hölzernen Theater (v. 108: *ludi Latini in theatro ligneo, quod erat constitutum in campo*). Sie werden *ludi latini* genannt (v. 83. 85. 108), waren also in einer allen verständlichen Sprache abgefasst und müssen als eigentliche Volksbelustigungen angesehen werden. Man wird bei ihnen an lustige Schwänke und burleske Scherze zu denken haben, an Atellanenspiele, Mimen und Vorträge von sogenannten *exodiarii* und *emboliarii*.[1])

Die zweite Art von scenischen Spielen bestand in den *ludi honorarii*, so genannt, weil sie freiwillig und ehrenhalber von den Priestern und Festvorstehern zu den gesetzlichen Spielen noch hinzugefügt wurden.[2]) Von ihnen heisst es in der Ankündigung der Nachfeier v. 156—8: *ludos, quos honorarios dierum VII (5.—11. Juni) adiecimus ludis sollemnibus, committimus nonis Iun. latinos in theatro ligneo, quod est ad Tiberim h. II, graecos thymelicos in theatro Pompei h. IIII, graecos asticos in theatro quod est in circo Flaminio*. Die Hauptstelle kam also bei dieser Nachfeier, die offenbar mehr auf die gebildeten Stände Rücksicht nahm, den griechischen Spielen zu. Das entsprach ganz jener litterarischen Strömung, deren Fahnenträger Horaz selbst war, und der er in der ungefähr zu gleicher Zeit gedichteten AP.[3]) mit den Worten Ausdruck lieh: *exemplaria graeca nocturna versate manu, versate diurna*.[4]) Die lateinischen

---
1) Vgl. Petron. 53: *nam et comoedos (sc. graecos) emeram, sed malui illos Atellaniam facere et choraulem meum iussi latine cantare*.
2) Dass dies die Bedeutung des Wortes *honorarius* war, hat Mommsen p. 269 f. aus Festus p. 102 und Sueton Aug. 32 erwiesen.
3) Vgl. oben S. 74.
4) Vergleiche auch den Ausfall gegen Plautus und die lateinischen Dramatiker in Epist. II 1, 170 ff.

Spiele mussten sich mit dem hölzernen Gerüste auf dem Campus begnügen, den griechischen öffneten sich die beiden grossen steinernen Theater Roms, das ältere des Pompeius und das neue, noch nicht ganz vollendete des Marcellus. Dabei sei beiläufig bemerkt, dass aus der angeführten Verfügung über den Ort der Aufführung hervorgeht, dass der von Vitruv V 6 u. 7 aufgestellte Unterschied des römischen und griechischen Theaters, welcher mit Recht in unserer Zeit so hart angefochten wurde, für seine Zeit und die Theater in Rom keine Bedeutung hatte. Denn man wird doch nicht glauben wollen, dass in der Hauptstadt des Römischen Reiches das Theater nur für griechische Stücke bestimmt war. Damals war sicher das Theater so angelegt, dass auf derselben Bühne, auf der sonst Tragödien des Accius und Pacuvius aufgeführt wurden, auch Stücke des Euripides und Menander aufgeführt werden konnten. Wie dieses möglich gemacht wurde, ob dadurch, dass man das Parterre räumte und dort wieder ein Podium für den Chor aufschlug, oder dadurch, dass man einfach die Chorpartien der griechischen Stücke wegliess, das ist eine Frage für sich. Jedenfalls muss der Gedanke, dass in dem festen, steinernen Bau des Theaters eine derartige Aenderung, wie ihn die ganz verschiedene Construction der beiden von Vitruv beschriebenen Theater erheischt, über Nacht für den speciellen Fall vorgenommen wurde, als völlig ausgeschlossen gelten.[1])

Die griechischen Spiele, welche im Theater aufgeführt

---

1) Es ist dieses für die durch Dörpfeld in die Diskussion geworfene Kontroverse nicht ohne Bedeutung. Denn wenn Vitruv griechische Dramen auf einem griechischen Theater nicht mehr sah, so konnte er um so leichter einen Platz, der im griechischen Theater von ehedem für etwas anders, wahrscheinlich für die Götterbühne ($\theta\varepsilon o\lambda o\gamma\varepsilon\tilde{\iota}o\nu$), bestimmt war, für den Platz der gewöhnlichen Schauspieler ($\lambda o\gamma\varepsilon\tilde{\iota}o\nu$) halten. Im übrigen werde ich auf die Verhältnisse bei den Säkularspielen gleich nachher nochmals zurückkommen.

wurden, waren zweierlei Art, thymelici und astici. Geradeso finden wir zwei Spielarten erwähnt bei Plutarch Galba 14: *ποίαν αἰδουμένου θυμέλην ἢ τραγῳδίαν τοῦ αὐτοκράτορος* und in CIG. 2826 *ἔν τε τοῖς θυμελικοῖς καὶ σκηνικοῖς ἀγῶσι*.[1]) Für die Aufführung von Dramen ist in den Akten der Ausdruck *astici ludi* gebraucht, weil der gewöhnliche Ausdruck *scaenici ludi* schon als Gattungsbegriff für die beiden Arten der Spiele im Theater verbraucht war.[2]) Dass man aber in der römischen Zeit den Ausdruck *astici ludi* für die Aufführung von Dramen, Tragödien und Komödien, gebrauchte, hat Mommsen durch den Hinweis auf Sueton Tib. 6 u. Gai. 20 sicher gestellt. Der etwas auffällige Ausdruck „städtische Spiele" wird gewiss auf die bekannten *ἀστικαὶ νῖκαι*, d. i. die Siege der Tragiker in der Stadt im Dionysostheater zu Athen, im Gegensatz zu den ursprünglich ausserhalb der Stadt aufgeführten Lenäenspielen (*ληναικαὶ νῖκαι*) zurückzuführen sein, hatte aber seinen speciellen Grund in jener Anschauung der gebildeten Kreise des augusteischen Zeitalters, nach der man das feine geistreiche Spiel der dramatischen Dichter Athens den Possenreissereien der für die Bauern Latiums berechneten Schwänke entgegenstellte. Auch hier gibt uns Horaz Epist. II 1, 169 ff. den richtigen Fingerzeig:

Agricolae prisci, fortes parvoque beati
condita post frumenta levantes tempore festo
corpus et ipsum animum spe finis dura ferentem,
cum sociis operum pueris et coniuge fida
Tellurem porco, Silvanum lacte piabant,

---

1) Vergleiche auch Strabo p. 468: *εἴ τις ἔκπτωσις πρὸς τὸ χεῖρον γεγένηται τῶν μουσικῶν εἰς ἡδυπαθείας, τρεπόντων τὰς τέχνας ἐν τοῖς συμποσίοις καὶ θυμέλαις καὶ σκηναῖς.*

2) Vitruv V 7, 2 gebraucht *scaenici* für *astici* und erklärt die beiden Ausdrücke richtig mit: *tragici et comici actores in scaena peragunt, reliqui autem artifices suas per orchestram praestant actiones, itaque ex eo scaenici et thymelici graece separatim nominantur.*

*floribus et vino Genium memorem brevis aevi.
Fescennina per hunc inventa licentia morem
versibus alternis obprobria rustica fudit. . . .
manserunt hodieque manent vestigia ruris.*

Die thymelici ludi, welche bei den Säkularspielen im Theater des Pompeius aufgeführt wurden, hatten ihren Namen von der Thymele oder dem grossen viereckigen Brettergerüste (Podium), auf welchem die Spieler agierten. Vitruv an der oben S. 149 An. 2 angeführten Stelle V 7, 2 nennt statt der Thymele die Orchestra. Die Verwechselung mochte in der gewöhnlichen Sprache öfters vorkommen, weshalb der Attikist Phrynichus eigens vor derselben warnt,[1]) erklärt sich jedoch leicht aus der Thatsache, dass jenes Podium in dem breiten Raum der Orchestra aufgeschlagen zu werden pflegte. So

---

1) Phrynichus p. 163 Lob.: ἔνθα μὲν κωμῳδοὶ καὶ τραγῳδοὶ ἀγωνίζονται, λογεῖον ἐρεῖς, ἔνθα δὲ οἱ αὐληταὶ καὶ οἱ χοροί, ὀρχήστραν, μὴ λέγε δὲ θυμέλην. Wie Phrynichus zu dieser Warnung kam, ist schwer zu sagen; attisch war jedenfalls auch der Ausdruck θυμέλη, er findet sich bereits bei Pratinas 1, 2. Entweder also sollte der Ausdruck θυμέλη = ὀρχήστρα vermieden werden, weil solche Aufführungen auch auf dem Boden der Orchestra ohne aufgeschlagenes Podium stattfanden, oder deshalb, weil θυμέλη damals von dem Podium überhaupt gebraucht wurde, mochte dasselbe in der geräumigen Orchestra oder in dem schmalen, seitwärts begrenzten Raum vor der Bühnenrückwand, auf dem sonst die Schauspieler agierten (λογεῖον), aufgeschlagen sein. Ich halte das Letztere für das wahrscheinlichere nach den Artikeln, welche uns bei Phrynichus selbst in Bekker Anecd. 42, 23, Schol. Arist. III, 536 Dind., Et. magn. (s. Alb. Müller, Lehrbuch der griech. Bühnenaltertümer S. 130 Anm. 6 und 402 Anm. 8) über die Gleichstellung von θυμέλη = σκηνή vorliegen, aus denen zugleich hervorgeht, dass später θυμέλη der geläufige, ὀρχήστρα der halbverschollene Ausdruck war. In dem 5. Jahrhundert wurde allerdings auch der unmittelbar vor der einen Tempel darstellenden Rückwand (σκηνή) gelegene, zum Opfern bestimmte Raum θυμέλη genannt (Eur. Ion. 114) im Gegensatz zu dem davor sich ausdehnenden Tanzplatz (ὀρχήστρα); aber von diesem Sprachgebrauch hatte man kaum in der römischen Zeit noch eine deutliche Anschauung.

wenigstens war es in der alten Zeit der Fall, als die Tragödie noch die beiden Elemente, den Dialog der Schauspieler und die Tanzlieder des Chors, enthielt, und als man überhaupt noch strenger, und deshalb auch örtlich die Aufführungen mit und ohne Chor unterschied. Später als die Römer nicht bloss die Orchestra mit Stühlen für die obere Rangklasse der Zuschauer besetzten, sondern auch die Bühne derart vertieften, dass auf ihr auch ein grösseres Chorpersonal Platz finden konnte, fiel jene örtliche Unterscheidung der *ludi scaenici* und *thymelici* weg. Das letztere müssen wir sicher für die Zeit der Antoninen annehmen, wo das Wort ϑυμέλη auch für σκηνή gebraucht wurde und die ϑυμελικοί aus dem gesamten Theaterpersonal, den Schauspielern, Sängern, Musikern, Choreuten, bestanden. Bei unseren Säkularspielen wird das noch nicht so ganz der Fall gewesen sein; da wird man noch für die *ludi thymelici* die Orchestra nach Entfernung der sonst darin aufgestellten Sessel benützt haben. Ich schliesse dieses daraus, dass die *thymelici* und *astici ludi* nicht in demselben Theater stattfanden, sondern für die ersteren das alte Theater des Pompeius, für die letzteren das neue Theater des Marcellus ausschliesslich benutzt wurde.

Worin bestanden nun diese *thymelici ludi*? Ursprünglich waren es einfach Aufführungen, zu denen man eines Chores bedurfte. Das waren in erster Linie Dithyramben und Hyporchemata. Das berühmte Hyporchem des Pratinas erwähnt eigens, wie wir oben sahen, die geräuschvolle, vom Tanz des Chors und dem Klange der Flöten widerhallende Thymele (*Διοννσιάδα πολυπάταγα ϑυμέλαν*); von den Nomoi der jüngeren Dithyrambendichter Philoxenus und Timotheus hören wir bei Polybius, dass sie bei den Arkadiern alljährlich in dem Theater unter Tanz und Flötenspiel aufgeführt wurden (Polyb. IV, 20: τοὺς Φιλοξένου καὶ Τιμοϑέου νόμους μανϑάνοντες πολλῇ φιλοτιμίᾳ χορεύουσι κατ᾽ ἐνιαυτὸν τοῖς Διονυσιακοῖς αὐληταῖς ἐν τοῖς ϑεάτροις). Die lyrischen Dramen des Pindar d. i. die Dithyramben dieses Dichters ertönten noch in der Zeit des Sophisten Himerius im Theater (Himer. or. XI 4: ἣν Διονύσια καὶ τὸ θέατρον εἶχε μετὰ τῆς λύρας Πίνδαρος). Aber schwerlich war in Rom zur Zeit des Augustus das musikalische Verständnis so ausgebildet, dass man für diese speciell griechischen Kompositionen Sinn gehabt hätte. Auch Siegesgesänge, wie sie Sulla auf der Thymele aufführen liess (Plut. Sull. 19: ταύτης τὰ ἐπινίκια τῆς μάχης ἦγεν ἐν Θήβαις περὶ τὴν Οἰδιπόδειον κρήνην κατασκευάσας θυμέλην), müssen in unserem Falle ausser Betracht bleiben, da dazu ein besonderer Anlass fehlte. Es bleiben also nur die musikalischen Aufführungen von Flöten- und Citherspielern oder von Sängern mit Flöten- und Citherbegleitung. Diese bildeten überhaupt den Hauptbestandteil der *thymelici ludi* nach dem Artikel des Thomas Magister p. 179 R.: θυμέλην οἱ ἀρχαῖοι ἀντὶ τοῦ θυσίαν ἐτίθουν, οἱ δ' ὕστερον ἐπὶ τοῦ τόπου ἐν τῷ θεάτρῳ, ἐφ' ᾧ αὐληταὶ καὶ κιθαρῳδοὶ καὶ ἄλλοι τινες ἀγωνίζονται μουσικήν. Auf diese weist aber auch speciell unser Dichter Horaz hin an einer Stelle, die sich gerade auf den uns hier beschäftigenden Unterschied von *thymelici* und *astici ludi* bezieht, Epist. II 1, 98:

nunc tibicinibus, nunc est gavisa tragoedis sc. Graecia.

Das ist, was ich aus Horaz selbst und aus den litterarischen Verhältnissen der römischen Kaiserzeit zur Erläuterung des wichtigen epigraphischen Fundes beizubringen hatte. Möge diese kleine Aehrenlese dem Altmeister nicht missfallen, dem wir die Publication und den Kommentar des Fundes verdanken!